岸本佐知子
吉田篤弘

『罪と罰』を読まない

三浦しをん
吉田浩美

文藝春秋

目次

装幀・レイアウト◉クラフト・エヴィング商會［吉田浩美・吉田篤弘］

読まずに読む

吉田篤弘

とある宴席の片隅で、ドストエフスキーの『罪と罰』を読んだことがあるか？　という話になった。

「ない」「ないです」「文庫本は持ってるけど」「読んでない」

居合わせた四人が四人とも首を横に振った。

「どういう話なのか知ってる？」「たしか、主人公がラスコーなんとかっていう青年ですよね」「おばあさんを殺しちゃうんじゃなかった？」「それってお金が目的で？」「たぶん、そうじゃないかな」

四人ともきわめて不確かな情報しか持ちあわせていなかった。これまで、表向きは「なんとなく知ってるけど」とお茶をにごしてきたが、いざ、問い詰められると、「じつは、ほとんど何も知りません」と白状するしかなかった。

「白状」の二文字を使わざるを得ないのは、四人が本に関わる仕事――それもとりわけ「小説」にたずさわる仕事をしてきたからで、このような世界的名作を、「読んでない」「知らない」と明言するのは、じつのところ、大いに憚(はばか)られるのだった。

これは何も『罪と罰』に限ったことではない。幸か不幸か、世界的名作と呼ばれる小説はこの世に数えきれぬほどあり、「さてあなたは、いったいそのうちの何作を読みましたか」という質問こそ、小説にたずさわる者が最もおそれている質問である。

仮に読んだことがあったとしても、多くは記憶があやふやで、たとえば、主人公の名前を正確に云えるかどうか、はなはだ怪しい。場合によっては、名前どころか話の筋すら覚えていない。

今回、この本をつくるにあたって、「参考までに」と称し、会う人会う人に、「ドストエフスキーの『罪と罰』を読んだことがありますか」と訊いてみた。編集者、作家、翻訳家、評論家、書店員――等々。いずれも、「小説」にたずさわっているプロフェッショナルな方たちである。

その結果、最も多かった答えは――、

「昔、読んだことがある」

というものだった。

「だから、よく覚えてないんですけど」と彼らは前置きし、「たしか、主人公がラスコーなんとかで」「おばあさんを殺しちゃうんじゃないですか?」――どこかで聞いたことのある台詞だった。

つまり、「読んだことはないけれど、なんとなく知ってる」人たちと、「読んだことはあるけれど、よく覚えてない」人たちの認識に、さほど大差はないのだった。

では、いったい、「読む」とは、どういうことなのか。何をもって、「読んだ」と云い得るのか――。

考えあぐねるうち、妙なことを思いついた。

「読んだ」と「読んでない」に大差がないのなら、読まずに読書会をひらくことが出来るのではないか。すなわち、『罪と罰』という小説を読まずに、『罪と罰』について徹底的に話し合うことが出来るのではないか。

「どんなふうに？」

「たとえば、四人が知っている数少ない情報を寄せ集めて、そこから探偵のように推理してゆくわけです」

「何を？」

「『罪と罰』がどんな物語なのか。話の筋を推測し、作者の意図や登場人物の思いを探りあてる」

「読まずにそんなことが出来るかなぁ」

可能かどうかは、やってみなければ分からない。

「というか、それをやることにどんな意味があるわけ？」

ごもっとも。

これは、云ってみれば、ナンセンスな実験であり、「『罪と罰』を読んだことがない」というマイナス・ポイントを、「読んだことがない者だけが楽しめる遊び」に転じてしまおう、という悪あがきである。

悪あがきを承知の上で、『罪と罰』という不朽の名作を「読まずに」話し合おうというのだから、これは間違いなく畏れ多いことであろう。それゆえ、この本は当初、自主制作による同人誌として刊行しようと目論んでいた。この「同人」とは宴席の片隅でこそこそ話し合っていた四人を指し、申し遅れましたが、岸本佐知子、三浦しをん、吉田篤弘、吉田浩美の四名である。

しかし、こうしてひっそりと片隅で生まれた本を、有難いことに、インディーズではなくメジャー・レーベルの文藝春秋より刊行することと相成った。それは非常に喜ばしいことなのだが、いよいよ畏れ多さがきわまって、肝心の内容がどことなく大人しくなってしまうのではないかと危惧された。

ところが、なにしろ、『罪と罰』を読まずに大手を振ってきた傍若無人な四人である。舞台がどこであれ、インディーズ・バンドのノリのまま完奏したことを、最初にお伝えしておきたい。身上は常に「ロック」であり、そのうえ、四人とも江戸育ちなので、いささか口が悪い。

しかし、江戸っ子は口は悪いが、腹の中に愛がある——。

こうした云い訳がましいことを、あらかじめ云っておいた方がいいのでは、というくらい自由に語り合っているので、読者の皆さまは、「秘密の読書会」を覗き見するような感覚で読んでいただければ幸いである。

四人とも、遊びではあるが、至って本気であり、こういう本を「つくろう」と決起した日から読書会の当日まで、『罪と罰』に関する情報をことごとく遠ざけてきた。

ただし、ひとつだけ「情報解禁」が許され、読書会の当日、『罪と罰』の最初のページと最後のページを岸本さんが英訳本から翻訳したものが配布された。鯛焼きで云えば、まずは頭と尻尾だけを食べて、あんこの詰まった胴体の味を想像してみようという試みである。「読書会」の前に決めておいたのはそれだけで、あとはなりゆきに任せて、自然とルールがつくられた。

四人だけでは暴走したときに歯止めがきかなくなる恐れがあったので、「立会人」と称して、文藝春秋の大嶋由美子さんに参加していただいた。大嶋さんだけは、『罪と罰』を読了しており、われわれの推理の進展を見かねて、ときどき内容をリークしてくれたり、部分的にテキストを朗読する役目を請け負ってくださった。

こうしてわれわれは、本当に『罪と罰』を読まずに読書会をしたのだが、「読む」という言葉には、「文字を読む」という使い方の他に、「先を読む」という未知への推測の意味をこめた使い方がある。このふたつを組み合わせれば、「読まずに読む」という、一見、矛盾しているようなフレーズが可能になる。「本を読まずに、本の内容を推しはかる」という意味である。他愛ない「言葉遊び」と断じられるかもしれないが、言葉遊びの醍醐味（だいごみ）は、遊びの中に思いがけない本質を垣間見るところにある。

というわけで、「読まずに読む」という遊びから生まれたこの奇妙な読書会が、ほんの少しでも、

「小説」というものの奥深さに触れられたらと思う。

そして、この冒険的試みの妙が読者の皆さまにも伝わったら、

「読まずにきた甲斐があったというものだ――」

と四人でひそかに乾杯したい。どこかの宴席の片隅で。

凡例

◉未読座談会

○未読座談会では、新潮文庫(旧版、改版)を使用した。
具体的には、『罪と罰』第三部と第四部は改版、それ以外の部は旧版に準拠している。

○旧版と改版は、訳文は同じだがページ数が異なる。そこで、未読座談会の朗読部分に、どちらの版の何ページなのかを明記した。たとえば、(旧上 p150)は、「旧版の上巻、一五〇ページ」を指す。

○未読座談会で使用した「登場人物表」は、ウィキペディアなどを参照しつつ、編集部で作成したものである。

◉登場人物紹介

○太字の人名項目について。( )でくくられていない人名は新潮文庫の表記、( )内は光文社古典新訳文庫の表記である。( )で併記されていない場合、両文庫の人名表記は同一である。

○引用は、光文社古典新訳文庫に準拠した。

◉あらすじ

○人名表記、引用とも、光文社古典新訳文庫に準拠した。

◉読後座談会

○読後座談会では、新潮文庫を併用しつつ、主に光文社古典新訳文庫を使用した。

◉引用・参考文献

○巻末に記した。

『罪と罰』を読まない

本書は語り下ろし及び書き下ろしです。

未読座談会・其の一

約束どおり、ドストエフスキーの『罪と罰』を読まずに都内某所に集合した岸本佐知子、三浦しをん、吉田篤弘、吉田浩美の四名。某所内の某会議室にて、今回の「未読座談会」のために岸本が英訳版『罪と罰』より日本語に翻訳した冒頭の一ページおよび結末の一ページのプリントアウトを手にし、立会人による開会宣言を待たずして、なしくずし的に話し始める四名——。

岸本　これ、最初と最後を読んだだけでも面白くて、主人公が超ニート野郎なんですよ。すごく貧乏で、現代に通じる感じの男なの。

篤弘　いきなり、主人公が出てくるんですか。

岸本　最初のページにもう出てくるのね。家賃を溜めこんでいて、大家さんに会うのが怖い、みたいな感じで。その描写でほとんど終わってるんだけど。

浩美　そんなふうに始まるんだ——。

三浦　そういえば、舞台がどこなのかすら知らないんですが。

篤弘　じゃあ、『罪と罰』について、それぞれが知っていることを挙げてみましょうか。

岸本　私から言うと、最初の一ページを訳したあとに、もしかして訳すのは三ページだったかなあと不安になって、そのあと二ページ続けて読んじゃったんですよ。

浩美　それだけ読んだら、結構、重要なことが出てきません？

岸本　それが大したことなかった（笑）。何が書いてあったかというと、主人公がとにかく貧乏で、学生で、家賃を滞納していて、腹ぺこで、大家さんに合わせる顔がなくてびくびくしてる。で、場所はサンクトペテルブルグ。

篤弘　サンクトペデル……ってそれがもうちゃんと言えないよ。

三浦　舞台はモスクワなのかと、漠然と思ってました。

岸本　あと主人公は、結構、美男だって書いてある。

三浦　歳はいくつですか？

岸本　それはわからないけど、学生なの。

浩美　そのイケメンって、どういう描写なんですか？　まさか、自分で言ってるとか。

岸本　三人称なんで、自称ではない（笑）。彼は目立ってハンサムで、黒い目がきれいで、栗色の髪が素敵。

三浦　岸本さん、それ、ほんとにあるがままの訳ですか？

岸本　すいません、ちょっと「素敵」は盛りました。

浩美　そうか、三人称の小説なんだ。なんとなく一人称なのかと思ってた。

篤弘　たしか、主人公はラスコなんとか——。

岸本　ラスコーリニコフ。

篤弘　その名前は、いきなり出てくるんですか？「彼は」ではなく、いきなりラスコール？

岸本　ラスコーリ……ニコフかな。

三浦　主人公がラスコなんとかっていうのは知ってた（ドヤ）。

篤弘　僕はもう一人、ソーニャっていう女の人が出てくるのを知ってます。この人、たしか重要でしょう？

岸本　重要です。

篤弘　何かでちらっと読んだぼんやりした記憶なんだけど、たしか、好きになってしまうんじゃない？

浩美　ソーニャがラスコーリニコフを？それとも、ラスコーリニコフがソーニャを？

篤弘　お互いを——かな。

三浦　どうだろう、篤弘さんの願望という可能性も……。

篤弘　ああ、ちょっと願望入ってるかもしれない（笑）。あと、たしか、主人公がおばあさんを殺すんじゃないかな。

三浦　私もそれはなんとなく――。
岸本　私もぼんやり。
浩美　それはですね（と意味ありげな笑みを浮かべて）、金貸しの老婆なんですよ。
三浦　えっ？　さっき、家賃を溜めてるって聞いたから、大家のおばあさんを殺すのかなって勝手に思ってたんですが。
篤弘　ちょっと整理しますけどね、いまのところ、しをんさんが『罪と罰』について知っていることってなんですか。
三浦　なんにも知らないです。主人公がラスコなんとかで、おばあさんを殺すっていうのは知ってましたけど、それだけかな。金貸しって言われるとそんな気もするけれど、なんとなく下宿の大家さんを殺すんだと思ってました。ただ、殺害方法とかはわからないです。
浩美　皆さん、他には何も知らないの？（と、いきなり上から目線）
篤弘　あとは、見るからに（と上下巻二冊の文庫本を指差し）分厚くて長い小説だってこと。
三浦　こんなにページ数があるのに、私たちにはこれしか情報がないのか……。
岸本　あ、あと、なんか七年食らうみたいなんですよ。
三浦　捕まっちゃうんだ！
岸本　牢屋で「あと七年」って言ってるから。

篤弘　それは最後のページに、「あと七年」って書いてあるんですね？
岸本　そうそう。
三浦　捕まりたてでしたか？
岸本　捕まりたてかどうかはわからないし、刑が何年なのかもわからないけど、「あと七年ある」って書いてあった。
三浦　ということは、もし、獄中生活の描写が十五年分ぐらいあったら――、
篤弘　合計二十二年の刑になるけれど、単に七年となると短いような。
三浦　捕まえた人もいるわけですよね。『罪と罰』って『逃亡者』的な、「ラスコーリニコフを追え」みたいな話なのかな。
篤弘　三人称だからそうなのかも。勝手な印象として、ラスコーリニコフのああでもないこうでもないっていう繰り言が続く小説なのかと思ってたんだけど――。
岸本　ええとですね、三人称ではあるんですが、二ページ目に、「いつもいつも、俺は独り言ばっかり言って」と書いてある。
浩美　一人称的な三人称なのね。
岸本　なのかなあ。とりあえず、無職で何もしないから、いつもぐじゃぐじゃ頭の中で考えてる。まあ、ぐじゃぐじゃ考えてばかりいるから無職なのかもしれないけど。あ、学生だから無職

三浦　とは言わないか。でも、とにかく何もしないで、一日中、部屋の中に閉じこもってる結構なヒッキーなんですよ。
篤弘　ラスコーリニコフの故郷はどこなんでしょう。都会で一人暮らししながら、大学に通っているということですよね？　両親はどんな職業で、きょうだいは何人かとか——。でも、最初の三ページじゃ、そこまで書かれてないか。
三浦　サンクトペテルブルグがどういう街なのかっていうのは、みんな知ってるわけ？
篤弘　あのー、弘兼憲史先生の『島耕作』を読んだところですね——。
三浦　『課長島耕作』？
浩美　いや、『社長島耕作』です。あれって、ロシア編があったじゃないですか。
三浦　あったあった。
浩美　サンクトなんたらにも行ってませんでした？
篤弘　行ってた行ってた。
三浦　それって都会でした？
篤弘　都会でしたね。モスクワとどっちがどっちだか記憶が混ざっちゃったけど、工業も盛んらしくて、島耕作が視察に行ってるんですよ。
モスクワに対して、どういう位置づけの街なのかな。

三浦　私が『島耕作』から得た情報によると、たぶんモスクワはわりと新しい街で、サンクトなんたらは、昔、皇帝がいた街だったと思います。

篤弘　京都みたいな感じかな。

三浦　はっきりとはわからないけど、そういう感じっぽかった。あくまでも、おぼろげに覚えている『島耕作』情報なので……。

岸本　いや、それはかなり重要資料かと！

篤弘　特徴的な建物とかありました？　『島耕作』の中で。

三浦　きれいな教会だか、お城だかわからないけど、たしかそういう歴史的な建造物がある街のようでしたね。

浩美　だから、もしかして、この当時はサンペテが一番の都会だったんじゃないかな。

篤弘　「この当時」っていうけど、そもそも、いつの時代なんだろう。

岸本　それも、三ページだけではわからなかったんだけど――。

篤弘　岸本さんの勘では。

岸本　そうねえ。三ページの中に界隈の描写が出てくるんだけど、もう酔っぱらいとかがそのあたりにごろごろしていて、売春宿とかもあって、臭いし、ぶつかる人ぶつかる人みんな酔っぱらい、みたいな描写なんだよね。

三浦　それはもう、ロシアのどの都市でも同じだったんじゃないかという気もしますが。
浩美　そうね、酔っぱらいばかりの横丁を歩けばね（笑）。
岸本　たぶん、サンクトペテルブルグが相当に広い都会で、その一角に貧乏な区域があるってことか、と思ったんだけど。
三浦　ラスコは、あんまり上品な場所には住んでないということですね。
岸本　だと思う。
篤弘　つまり、歴史ある街のスラムみたいなところに主人公は住んでるわけだ。
浩美　ちょっと待って。もう、推理が始まってるの？
篤弘　もちろん、そのつもりだけど。
浩美　『罪と罰』がどういう話なのか推理するんじゃなかったっけ。
篤弘　いや、ストーリーの前に設定とか外枠の情報を確かめながら進めないと。サンクトペテルブルグはどういう街なのか、ドストエフスキーは何年に生まれて何年に死んだのか。そもそも、ドストエフスキーは執筆時のペテルブルグを書いているのか、それとも昔の設定なのか、そのあたりから、まず推理したいんだけど――。
三浦　たぶん、ドストエフスキーは同時代のことを書いていたと思うんですよ。
岸本　ああ、なんかそんな感じするな、私も。

三浦　もし、ドストがいま生きていたら、やっぱり現在を書くでしょうね。そうなんじゃないかという根拠なき確信があります。だから、当時の風俗を、うまく織りまぜて書いているはずですよ、ドストは。

浩美　どうしてそんなことまでわかるの（笑）。

篤弘　というか、その「当時」っていうのがいつなのか知りたいんだけど。

三浦　ま、それはわかんないんですけどね（笑）。

篤弘　ドストエフスキーって大器晩成型かな。まったくの勘なんだけど。

岸本　歳とってから急にガーッと書いて死んだんじゃなかったっけ。それともそれって別の人？

三浦　書き出すまで、何してたんだろう。やっぱりニートかなあ。

篤弘　じゃあ、ラスコーリニコフには自分の若いころが反映されてる？

岸本　たしかにニート感がすごいリアリズムで書いてあって――三ページだけの情報ですけど。

篤弘　となると、もし、歳をとってから青年時代の話を書いたとすると、時代設定は少し前になってるかもしれないよね。

三浦　それはありえますね。

浩美　じゃあ、ここでちょっとドストエフスキーのプロフィールを確認してみましょうか。

――生年が一八二一年。亡くなったのが一八八一年です。

三浦　ほとんど江戸時代の人だ。
――そうですね。時期的には、江戸時代に生まれて明治維新のあとまで生きていたという感じです。
三浦　ふうん、それでちょっとわかってきた。江戸の町内の話みたいなことですよ。猥雑（わいざつ）な都市の話で、スリもいれば――、
岸本　岡っ引きもいる。
三浦　人殺しもかっぱらいもいて。つまり、現代の感覚にきわめて近い、近代の都市生活ですよね。
篤弘　ラスコーリニコフは、さしずめ貧乏長屋でくすぶってる感じかな。当時のロシアでは、学生は身分がよかったの？
三浦　よかったんじゃないですか。これって、江戸時代で考えたら、長崎に留学してるみたいなものでしょう。ということは、ラスコーリニコフは地方のわりと有力な家の子なんですよ。そこまでして勉学させるんだから、武士とか、そこそこ繁盛してる商人とか。
浩美　でも、ラスコってニートっぽいんだよね？
岸本　なぜ、そんなに貧乏なのかな。
三浦　たぶん、下級武士の家みたいな感じなんですよ。お金がすごくあるわけでもないけど、立身出世をして一族を繁栄させるために、「ラスコ、行ってこい」って言われて都会に出てきた。

でも、そんなにおうちに余裕はないから、仕送りもカツカツで。本人も勉強にいまいち身が入らない。

浩美　そうか、ラスコには故郷があるのね。

三浦　と思いますね。家賃というからには下宿してるんでしょうし、サンペテの出身ではないはずです。

篤弘　まぁ、言いきれないけどね。すぐ近くに実家があったりして。

三浦　ああ、実家に居づらくて下宿中ってこともあるか。

浩美　なんだか、江戸がかぶさるだけでぐんと膨らむよね。下級武士が出てきたり、ちょっとわくわくしてきた。

三浦　時代がわかると、イメージが摑めてきますよね。それにしても、ドストエフスキーって六十歳になるかならないかで亡くなってるんですね。先ほど情報開示された生没年を、いまようやく暗算し終えたのですが。

浩美　あれっ、大器晩成じゃないの？

——じつは、二十四歳で処女作を発表しています。

三浦　ぜんぜん大器晩成じゃないよ！

浩美　最初は何を書いたんですか。

——『貧しき人びと』というデビュー作で絶賛を受けるが、三年後の四九年に、空想的社会主義に関係して逮捕され、シベリア流刑、だそうです。

一同　ああ——。

三浦　思い出した。たしか死刑執行の直前に、なんらかの理由で処刑が回避されたんですよ。それで、改めて文学に開眼、って感じじゃなかったですか。

篤弘　ちなみに、『罪と罰』はどういう経緯で書き始めたんでしょう？

——すみません、新潮文庫の解説には詳細が書かれていないようです。

一同　ええっ？

篤弘　となると、しょうがないですね。周辺情報はここまでにして、まずは、岸本さんが訳してくれた最初の一ページ分を読んでみましょうか。

（一同、配られたプリントアウトを読み始める）

岸本　ええと、一応、参考までに言っておきますと、最初の一ページだけだと途中で文章が切れちゃうんですよ。これはあんまりだと思って、次のページも訳してしまいました。すみません。

浩美　じゃあ、まずは冒頭の一ページ分だけ読んでみましょう。

（岸本佐知子訳『罪と罰』冒頭）

七月の初め、何日も暑い気候が続いたある夕暮れ時、一人の若い男がＳ－小路の下宿屋の狭い一間を出て、ゆっくりと、ためらうように、Ｋ－ｎ橋に向かっていった。

若者はどうにか階段で大家のおかみさんと鉢合わせするのを避けることに成功した。彼の部屋は背の高い五階建ての下宿屋の屋根裏にあり、人間の住処（すみか）というよりは物置というのに近かった。彼に賄い（まかない）と下女つきのこの一室を貸している大家のおかみは、下の階の独立した部屋に住んでおり、彼がおもてに出るためには大家の台所の、つねに階段に向かって開けひろげられた扉の前を通らなければならなかった。そしてその前を通るたびに若者は背筋の凍るような恐怖を感じ、感じてしまったことが恥ずかしく、思わず苦い表情になった。彼はすでに相当な額の家賃を溜めこんでおり、大家と顔を合わせるのが怖かったのだ。

彼はとくべつ臆病でも気弱でもなく、事実はむしろその逆だった。だがこのところはずっとぴりぴりと張り詰めた精神状態が続いており、それはほとんど憂鬱（ゆうううつ）性の様相を呈しつつあった。おのれの中に閉じ籠もり、人間社会から孤絶し、大家だけでなく、誰であれ人間とはいっさい顔を合わせたくない気分だった。貧しさが彼を押しつぶしていた。だが最近では、みじめな生活ですらもはや彼の苦悩の種ではなくなっていた。我が身の重大事は、すでに彼にとってはどうでもよく、考える気にもなれなかった。本当のことを言えば、大家なんていうものは

三浦　へえ、七月なんですね。
岸本　意外と暑いらしいんだよね、これが。
浩美　サンクトペテルブルグってロシアでも北のほうじゃなかったっけ。なんとなく名前からして涼しそうだし。
岸本　ただ、ここだけ読んでそう思っても、あとでぜんぜん違う記述が出てくることもよくあるから。
三浦　「五階建ての下宿」に「下女つきの一室」か。
浩美　やっぱり、ラスコってお金持ちなんじゃない？
三浦　一八〇〇年代に大学に行くっていうのは、社会全体からしたら恵まれた階層だと思いますよ。
篤弘　「貧しさが彼を押しつぶしている」って書いてあるけどね。
三浦　そんなこと言ったら、われわれのほうがずっと貧しいですよ。下女なんていないし。
浩美　家賃滞納で「背筋の凍るような恐怖を感じ」って。
三浦　（ひとりごとのように）どんどん踏み倒せよ、小心者めが——。
岸本　この本（英訳本）には、詳しいプロフィールがついていて、それによると、『罪と罰』は一八六六年の作で、ドストは四十五歳で書いてます。

篤弘　それはまた脂が乗ったときに書いたね。ちなみに、『カラマーゾフの兄弟』は、このあとに書いているんですか。

岸本　そう、『カラマーゾフ』はこのあと。すごいよね。

三浦　よくこんな長いのを、いくつもいくつも書けるよなあ。

岸本　ちょっとおかしいよね。

篤弘　この最初の一ページを読む限りでは、やっぱり「家賃滞納」っていうのがキーワードじゃないですか。

岸本　仕送りはないのか、と。

篤弘　そうそう。まずは、なんでそんなにお金がないのか——。

浩美　働いてないからでしょう。

篤弘　仕事がなかったのかな。

浩美　戦争はまだ先ですよね。

三浦　一九〇四年とかですよ、日露戦争は。第一次世界大戦が一九一四年。小説の舞台はたぶん一八〇〇年代ですよね。まだロシア革命は起きてなくて、皇帝がいるはずです。

篤弘　ということは、世の中全体が爆発前で鬱屈(うっくつ)してる状態——。

浩美　あの……話の途中で悪いんですけどね、私の「影絵情報」はまだ言っちゃいけないのかな？

この一ページ目を読んだ感じでは、みんなたぶんこう予想するだろうな、でも違うんだけどな、という重要なポイントがあるんですけど。

三浦　影絵情報？

篤弘　いや、じつはこの人ね、前にＮＨＫの番組で、『罪と罰』をものすごく簡略化して影絵にしたものを観てるんですよ。だから、あらすじのさらにあらすじくらいは知ってるみたいなんです。

浩美　言ってもいいですか。

篤弘　いや、もうしばらく自由な状態で推理したいよね。

岸本　この厚さで、いったい何をしているのか、ということだよね。

篤弘　一応、いまのところの情報では、殺ってしまったということと、（牢屋に）入れられたということですよね。

岸本　ええと、そのあたりについては、私、超重要なことを知っているんですが――。

浩美　あれ？　それはなんで知ってるんですか。

岸本　最後のほうのページに出てくるんだけど、この小説って本編が終わったあとにエピローグがあるんですよ。で、エピローグ前の本編の最後のページって、この英訳版ではたった三行しかなかったのね。そして、その三行が超重要で――。これなんですけどね（と、一同に新たなプリントアウトを配る)。

(岸本佐知子訳『罪と罰』本編最後のページ)

イリヤ・ペトローヴィチが口を開けた。あちこちから人々が走り出てきた。

ラスコーリニコフはもう一度供述を繰り返した。

三浦　誰なんだよ、イリヤって!

岸本　前置きなしの登場——。

篤弘　ちょっと待って、この「供述」ってなんのことだろう。

岸本　私もこの「供述」が気になったんで、ついついその前のページを一パラグラフだけ読んじゃったのね。そしたら、「私が誰々を殺しました」って、はっきり言ってるわけ。それがほんと、ここですよ(と、本の終わりのほうのページを示す)。

篤弘　そこで自白なんだ——。

岸本　自白がここってことは、じゃあこの間、何をしてたかなんですよ。

三浦　そうか、捕まってからが長いんじゃなくて、物語の最後で捕まるんだ。

篤弘　で、そのあとにエピローグがある。

三浦　ということは、ラスコーリニコフはエピローグで、「あと七年」と言ってるわけですね。

岸本　そうです。「あと七年」はエピローグの最後のページに出てきます。

篤弘　で、本編の最後は「自白」で終わってる。

三浦　なんで、「人々が走り出てきた」んだろう。

篤弘　そこがわかんないよね。「供述」って書いてあるのに、「あちこちから人々が走り出てきた」って、どういう状況？　それに、イリヤ・ペトローヴィチって誰なんだろう。

岸本　なんで口を開けたのかもよくわかんないし。

三浦　この局面で、まさかあくびじゃないですよね。

篤弘　たぶん、「びっくり」じゃないかな。

岸本　じつはさっきのページにはもっと重要なことが書いてあって――ラスコはね、なんか二人殺してるっぽいんですよ。

三浦　ええーっ。

篤弘　ホントに？

浩美　ふふ（と不敵な笑みを浮かべ）、そこが重要なポイントなんですよ。影絵でもやってました。

岸本　やっぱり？　影絵でも二人殺してた？

浩美　はい。

篤弘　なんと、二人も殺ってたのか。いや、それは初めて知ったな。そうか、二人なのか。
岸本　未亡人とその女きょうだいを殺してるみたい。姉か妹かはわからないんだけど。
篤弘　それはもう凶悪犯じゃないの？
岸本　そして、そこには殺害方法まで書いてあった。
浩美　ちょっと待って、それって最後のどのぐらいのところですか。
岸本　だから、最後が三行きりであんまりだったんで、つい見ちゃった前のページ——。
三浦　本編の最後から二ページ目ですね。
岸本　「私は役人の未亡人と、（その妹だか姉だかの）リザヴェータをその日殺したものです」って。
篤弘　同じ日に——。
岸本　「それを私は斧(おの)を使ってやりました」と。
三浦　なんと。
岸本　それから「金を取りました」と。
篤弘　それはもう死刑でしょう。
岸本　普通は死刑だよね。七年は軽すぎる。あ、でもね、重労働をさせられることになってるんですよ、流刑地で。
三浦　ああ、シベリア送りなんですね。

岸本　うん、シベリアで重労働、みたいな感じだと思う。
三浦　斧か……。
篤弘　斧か……。
（一同、沈黙）
浩美　そうか、みんなそれも知らなかったのね。
岸本　いや、おばあさん一人だと思ってた。まさか、ばあさんズとは。
三浦　殺された姉妹のどちらかが、大家さんなんですかね。
篤弘　え？　そうなの？
岸本　いや、それはわからないんだけど――。
三浦　あ、そうか。ラスコが殺したのは金貸しなんでしたっけ。うーん……。たとえば、ばあさんズの一人がラスコの住むアパートを経営していて、もう一人がその一室で金貸しをしている、というのはどうでしょうか。
篤弘　あるいは、大家さんが金貸しもしてるのかも。
岸本　ちょっと、ごめん。「相当な額の家賃を溜めこんでおり」って訳したけど、直訳すると「大家に対して借金がいっぱいある」なんですよ。相手が大家だから、とりあえず推測で「家賃」としてみたけれど。だから、どっちにも取れます。

三浦　家賃滞納だったにしろ借金だったにしろ、じゃあラスコは何に金を使ってるんだろう。賭け事かな。

篤弘　金貸しをやって、アパートも経営しているとしたら、大家さんはかなり裕福だよね。

岸本　アパートは五階建てだし。

篤弘　そのアパートに、大家さんも住んでるわけでしょう？　ということは、このアパートって、かなりいいアパートなのかな。

岸本　でも、屋根裏部屋なんですよ。

篤弘　大家さんが自分の家の上を貸してる感じなのかな？

三浦　役人だった亡き夫がこつこつ貯めた金で、ちょっとしたものを建てたということもありえますよね。それで賃貸住宅にして、自分もその一角に住んでる。たぶん、そんなに度外れた金持ちっていうわけでもないですよ。

岸本　江戸で言えば、長屋を持ってるみたいな――。

三浦　長屋持ってるぐらいの家作(かさく)――中産階級の人じゃないですか。

浩美　あのね、影絵では、その屋根裏は本当に屋根裏中の屋根裏なのよ。もう、なんていうか、屈まないと歩けないみたいな――。

岸本　『マルコヴィッチの穴』みたいな？

浩美　そう。影絵で見た感じではそんなふうだった。
篤弘　でも、賄いと下女つきなんでしょう？
岸本　それはたぶん、ラスコ専用の下女じゃないと思う。あと、賄いというのも夕食だけで、朝・昼はついてないんじゃないかな。
三浦　夏目漱石の小説に出てくるのもそんな感じですよね。下女がいて、そのおうちの一間を借りている。

気になる男、イリヤ。

三浦　そもそも『罪と罰』って、殺してから捕まるまで、どれぐらいの期間の話なんでしょうか。
篤弘　それって、最初のほうで殺人が起きるかどうかが関わってくるよね。
岸本　ヒントとして、少しだけ文庫を読んでもらうとか――。
浩美　たとえば、最初から百ページ目ぐらいのところとか？
岸本　じゃあ、一〇〇ページを読んでもらいましょうか。
三浦　ルールを決めましょうよ。読んでもらえるのは何回まで、というふうに。
――本編全六部プラス短めのエピローグですから、各部三回まではどうでしょう。

三浦　いいですね。一回でもいいし、四回は駄目ってことで。ページはこちらで指定できる。第何部の何ページって。

岸本　そうしましょう。

三浦　ではまず、上巻と下巻がそれぞれ何ページあるのかを教えてください。

――上巻には、第一部から第三部までが収録されています。五ページから始まって、終わりが四八八ページです。

岸本　長いよ！

――下巻は同じく五ページから始まり、エピローグも含めて四八五ページで終わります。

篤弘　トータルで千ページ近い――。どうだろう？　もしかして、第一部で早くも殺人が起きますかね。もし、しをんさんが、六部構成の長編小説で二人殺される話を書くとしたら、いきなり第一部で殺りますか？

三浦　いいえ、殺りませんね。

岸本　どのくらいで殺る？

三浦　ドストエフスキーの霊を降ろして考えると――そうだなぁ、これ、単純計算で一部あたり百六十ページぐらいありますよね。捕まるまでにどれぐらいの時間が経つのかによるけれど、私だったら第二部の始めあたりで一人目を殺しますね。

岸本　それまでは何をさせとくの？
三浦　金策をしてみたり、人間関係をさりげなく説明したり。
岸本　そう簡単には殺さず、いろいろとね。
三浦　主人公をじらすわけですよ。大家がたびたび厭味(いやみ)なことを言ってきて、カッとなっては、「いやいやいや」と自分をなだめたり。
岸本　「あのばばあ」みたいなことが何度かあるわけね。
三浦　恨みを溜めこむ、もしくは状況をなんとかしようとするエピソードがあったほうがいいんじゃないかと。いきなり殺したんじゃ、読者もいくらなんでもラスコに感情移入できない気がします。
岸本　あるいは、いきなり殺しておいて、時間軸がぐっと戻るというのもあるかもね。
篤弘　僕はそっちかなと予測していたんだけど。倒叙型でしたっけ？
浩美　最初のほうでショッキングに見せて、そのあと、そこに至るまでを書いてゆく――。
岸本　昔、何かで読んだような気がするんだけど――たしか、橋の上で殺すんじゃなかったっけ。
三浦　橋の上？　室内じゃないんですか。
岸本　いや、わかんないけど。
浩美　違う違う。そうじゃなかった、影絵では。

岸本　最初に橋が出てくるよね。Kなんとか橋に向かって歩いていく――。

三浦　このときすでに殺してるってことはないですよね。「大家のおかみさんと鉢合わせするのを避けることに成功した」と書いてあるし。

浩美　あのさ、殺されたうちの一人は金貸しで、もう一人が大家かどうかは、まだわからないんだよ？

三浦　あ、そうか。どうも私は大家殺害説に妄執してしまうな。

篤弘　（吉田浩美のほうを見て）なんだか意味深なことを言うね。「私は知ってます」みたいな。

浩美　だって、私はなにしろ影絵を見てますから（笑）。

篤弘　だけど、その影絵って、わずか十五分くらいだったんだよね。

岸本　え、そうなの？　省略するにもほどがないか？

三浦　ドストだってがっかりですよ、千ページも書いたのに。

篤弘　しかし、六部構成だと、しをんさんなら第二部で殺すのか――。

三浦　第一部で殺しちゃったら、あと延々、何をすればいいのやら、と途方に暮れてしまいますからね。

篤弘　岸本さんの訳によると、本編のラストで、「私が二人、斧で殺した」とラスコが自白して捕まるわけですよね。たしかに、そこまで延々と何が書いてあるんだろう。

三浦　そして、本編のラスト二行に出てくる謎（なぞ）の人物、イリヤ・ペトローヴィチ。

岸本　イリヤ、気になるよなー。

三浦　それに、この描写もやっぱり引っかかりますよね。だって、「イリヤ・ペトローヴィチが口を開けた。あちこちから人々が走り出てきた。ラスコーリニコフはもう一度供述を繰り返した」ですよ。

篤弘　街頭で捕まったのかな。

岸本　すみません、私の誤訳かもしれませんので――。

三浦　……いえ、捕まったんじゃなくて自首したのかも。

岸本　供述してるもんね。

三浦　警察署に踏みこんでいって、「俺が二人殺った」と自供し、捜査を担当していたイリヤが口をあんぐり。警察署員があちこちから飛び出してきて、ラスコを取り押さえる――。

浩美　さすが！

篤弘　影絵ではそうだったの？

浩美　まったくそのとおり。自首なのよ。

三浦　まじか！

岸本　影絵にイリヤは出てきた？

浩美　あのね、イリヤ・ペトローヴィチは警察の人なのよ、たしか。
篤弘　当たりだ。
岸本　すごいなあ。
篤弘　ラストシーンはもうそれで決まりだね。
三浦　いやぁ、勘でもなんとかなるもんですなあ。
浩美　影絵の記憶がちょっと曖昧(あいまい)で、自信はないけれど――。
岸本　イリヤは、デカなわけね。
篤弘　この「口を開けた」っていうのは、原文的には「意外」の意味が含まれているんですか。
岸本　いや、もうそのまま訳してるだけ。“opened his mouth”って書いてあったから。
篤弘　自白で終わらせるってことは、警察の側にまったく手掛かりがなかったのかな。
浩美　ああ（と、がっかりした声）。
篤弘　あ、違うのか。もうずっと追ってた？
浩美　そう。
三浦　ですよね。この長さで、最後の最後に捕まるとなると、『逃亡者』式のストーリー展開のはずですから。
岸本　ということは、「ヤツが怪しい」って、ずっとイリヤが尾(つ)けてきたわけね。

浩美　イリヤかどうかわからないけど、最初からラスコに目をつけてる人がいたの。
三浦　やっぱり殺されたうちの一人は大家さんですよ！　イリヤが店子に聞きこみをした結果、「ラスコが怪しい」となって追いかけてたに違いありません。大家を殺して逃亡――となると、ラスコはおそらく自分の故郷あたりに逃げますね。
岸本　じゃあ、ソーニャとかいう人はどこで出てくるの？
三浦　故郷の女友だちじゃないでしょうか。
岸本　ああ、そうかもしれない。
浩美　ソーニャが重要なんですよ、すごく。
篤弘　もしかして、ラスコを匿ってくれるとか。
三浦　そっか。じゃあ、なんらかのきっかけにより、ラスコはソーニャの庇護のもとを出て、自首することになるんですね。
篤弘　岸本さんとしては、ソーニャをどうしたいですか。
岸本　え？　どうかしていいの？（笑）そうね、彼女、どうも病気なんですよ、最後のところを読んだ感じ。
三浦　口あんぐりの二行しかないのに、どうやってそこまで読み取ったんですか。
岸本　じゃなくて、エピローグのほうのね。

三浦　そうか、エピローグも訳してくださったんですね。そちらも読んでみましょうよ。
岸本　ええと、ちなみにエピローグの最終ページは文章の途中から始まっているので、サービスで前のページの最後のほうから訳してあります。

（岸本佐知子訳『罪と罰』エピローグ、最後のページ）

……どのみちそれらの質問への答えをきちんと頭で考えることはできなかったにちがいない。彼にはもはや、感じることしかできなかった。論理学のかわりに人生が到来し、そして彼の意識の中で、何かまったく性質の異なるものが実を結ぼうと動きはじめているらしかった。

彼の枕の下に一冊の新約聖書があった。彼の手が自然に動き、それを取り出した。これは彼女のものだった。彼女がラザロの復活の物語を彼に読んで聴かせた、まさにその本だった。重労働の懲役刑が決まったとき、彼は彼女が信仰の名のもとに彼を責め、新約聖書のことを語り、本を押しつけてくるものと思っていた。だが意外にも、彼女は一度も新約聖書を渡そうとはしなかった。けっきょく病に倒れる少し前に彼のほうから欲しいと頼み、彼女は黙ってそれを渡したのだった。以来、彼は一度もそれを開いたことがなかった。

今もやはり、彼はそれを開いてはみなかった。だが、ふとある考えがひらめいた。「もしも彼女の信念が自分のものにもなりうるとしたらどうだろう？　彼女の心情や、せめて努力だけでも……」

　彼女もまたその日いちにちじゅう高揚した気持ちで過ごし、夜には病気がぶりかえすほどだった。それでも彼女は幸せだった。それは思ってもみなかった幸福感で、あまりのことに彼女は怖くなった。七年、たったの七年なんだわ！　始まったばかりの幸福感のなかで、二人はその七年を七日のように感じた。彼はまだ知らなかった、新たに始まったこの人生が無償で自分に与えられたわけではないことを、その代価はおそろしく高く、これから始まる日々の中で、壮絶な想いをして支払っていかねばならないのだということを……。

　だが今はまだ、物語は新たに始まったばかりだ――一人の人間が徐々に変わっていく物語、彼が徐々に再生していく物語、彼が一つの世界から別の世界に徐々に足を踏み入れ、新たな、それゆえに彼にとってまったく未知の物事を知っていく、その物語は。それはそれでまたひとつの物語が書けることであろう――だが今のこの物語は、ここでひとまず終わりとなる。

三浦　これは、結構重要なことが書かれていますよ。

岸本　この聖書の持ち主である「彼女」というのは、どうもやっぱりソーニャみたいだよね。

三浦　そうですね。「その日いちにちじゅう高揚した気持ちで過ごし、夜には病気がぶりかえすほどだった」。

岸本　なんか、ちょっと肺病とかなのかな。
三浦　うん、結核っぽいですね。
浩美　やっぱり引っかかるのは、二人殺して「七年」っていうのが――。
篤弘　あまりに短いよね。
三浦　当時のロシア人的には、「二人か。ま、七年でいいわ」ということなのか、さすがにこれだけだとわからないですね。情状酌量の余地があったのか、正当な量刑なのか。
岸本　もしかしたら、この時代のロシア人は寿命が短めだったのかも。寿命が短いから、一年が三年くらいの重みがあった（笑）。
三浦　ありえますね。人命がいまみたいに重く見られていなかったということも考えられます。日本だって、人命尊重とか人権とかが声高に叫ばれるようになったのはつい最近ですから。
岸本　それに、この時代のロシア人、だいたいみんなメタボで酒飲みだったかもしれないし（笑）。
三浦　まあ、平均寿命が八十代というほうが、人類の歴史からすれば特異な事態ですから。
浩美　それ考えたら、ドストエフスキーってわりと長生きなのね。六十歳まで生きたんだから。
三浦　そういえば、これも『島耕作』で読んだんですけど、現代のロシアでは六十ちょっとまで生きる人がようやく増えてきて、健康食品や健康器具がよく売れる――みたいな話でした。「いまだにロシア人の平均寿命は六十幾つだからなあ」といった旨を、島社長が言ってましたよ。

岸本　『島耕作』、おそるべし。

篤弘　いや、ドストもおそるべしというか、このエピローグの最後のところ――「人間が徐々に変わっていく物語、彼が徐々に再生していく物語」って、すごく説明的で、まるで感想文を書くときは「こう書いてくれ」って言ってるみたいですよね（笑）。他の読み方を封じるというか――。

三浦　そして、「それはそれでまたひとつの物語が書けることであろう」って、ひらかれた感じで終わってます。

浩美　これで終わりじゃないみたいな――。

岸本　あのですね、途中を読まずにいきなり最後だけ訳すって、ほとんど話が見えていないんで、ここはド直訳です。

浩美　ですよね。読まずに訳すって大変なことですよね。

岸本　ここを読む限り、ラスコとソーニャは、一瞬、幸せな気持ちになっているんだけど、語り手が、「でも、重労働きついよー。死んじゃうかもよー」的なことを匂わせているという――。

篤弘　これって、最後は二人とも病気になってるのかな。

岸本　そう、彼はいっぺん獄中で病気になったんじゃないかと思うんですよ。「けっきょく病に倒れる少し前」ってあるから。

三浦　ちょっと待ってください。どうして「彼」が病気だとわかるんですか？　これは「彼女が病に倒れる少し前」ではない？

岸本　ええとね、私は「彼が」のつもりで訳したんだけど——待ってください、間違えているかもしれないので（と英訳本をひらく）。いやいや、やっぱり、「彼が病気になった」とはっきり書いてあります。でも、もしかしたらすぐ治ったのかも。病名もわかんないし。

三浦　まあ、病といっても、風邪程度かもしれないですしね。

浩美　あのね、影絵を見た感じでは、このお話ってソーニャが鍵なんですよ。だから、ソーニャについて、もっと掘り下げたほうがいいと思うんですけど——。

篤弘　じゃあ、そろそろヒントを使いましょうか。

浩美　さっき言ってた、ページを指定して、そのページだけを読んでもらうってやつね。

三浦　ソーニャか。何ページくらいに出てくるのか、見当もつかない。

浩美　適当に「何ページ読んでください」って言ったら、ほとんど情報のない場面だったりして。

岸本　風景描写が延々と続いてたりね。それはそれで面白いけど。

篤弘　そういえば、この小説って書き下ろしなんですかね。

三浦　処女作も絶賛されたみたいですから、連載をしなくても、固定読者がいたんじゃないでしょうか。

篤弘　帯のコピーは「待望の新作。デビュー二十周年記念」。

――解説には、「(ドストエフスキーの) 前半生の総括といえよう」とあります。

岸本　この本 (と英訳本を手にして) の解説によると、六五年に着手して六六年にはもう出てる。

篤弘　えっ？

――一八六五年は慶応元年ですね。

浩美　江戸時代の終わりですか。

――新潮文庫の年譜によると、「一文なしの身で『罪と罰』の構想をまとめ、『ロシア報知』編集長カトコフに売りこむ」とあります。

三浦　「スポーツ報知」的なものかな？

篤弘　ということは、連載なんだ。

――年譜の六五年によれば、ドイツのヴィスバーデンから友人の援助をうけて十月帰国、十一月第一稿焼却、とのことです。

岸本　ええっ？　何それ？

――それで六六年の一月から連載開始、同年十二月に完結となっています。

三浦　速すぎるよ！

岸本　普通、三年ぐらいかかるでしょう。一回、焼いてるし。

浩美　売りこんだのに、駄目って言われて、つい、イラッときて焼いちゃったのかな。

篤弘　第一稿焼却って――まさか全編？

三浦　ドスト、インクを使い過ぎた罪で流刑になったのかもな。

浩美　これ書いているとき、一文無しだったのね。

三浦　一文無しなのに、なんで外国旅行に行けたんでしょう。パトロンでもいたんだろうか。

――一文無しになったのは、海外でのようです。ちなみに前年の六四年に、妻のマリヤが死去。

篤弘　奥さんが亡くなったばかりなのか……。じゃあ、ソーニャの面影には亡妻への愛情、哀惜の念みたいなものがこめられてる？

三浦　それはどうでしょう。（恐い顔で）殺されたおばあさんが奥さんなのかもしれないですよ――。

岸本　「殺してぇ」と、ずっと思ってた（笑）。

三浦　ドストがあんまり念じ過ぎたせいで妻死亡。「すまんすまん、俺の念力がちょっと効きすぎちゃったかな」という後悔の思いが、作品に反映されてるのかも。

――文無しの原因は賭博（とばく）ですね。重複しますが、年譜の六五年に、「七月、国外旅行に出発、ヴィスバーデンで賭博にふけり、一文なしの身で『罪と罰』の構想をまとめ」たとあるので。

浩美　賭博ですっちゃったんだ。
岸本　で、この小説を売りこんだ。
三浦　たくましいな。
岸本　ラスコが貧乏な理由も、もしかして賭博だったりして——。
三浦　それはもう賭け事ですよ。首がまわらなくなるほど借金してしまうのは、賭け事以外にないです。
篤弘　学生の身分で賭博？
三浦　賭博もしくは女ですね。私、横領する人の動機がなんなのか、いつも非常に関心を持って見ているんですが、賭博か女以外の理由はまずないです。
岸本　家のローンが払えないとかは？
三浦　ありえないですね。そんなことで横領や殺人をするくらいなら、家を売るか、ローンなんて踏み倒しゃいいんですよ。
岸本　そうか。
篤弘　ちゃんと仕送りもあるんだけど、それも全部賭博ですっちゃって親には言えないみたいな——そういう切羽詰（せっぱつ）まった状況にラスコがなってしまった、と。
三浦　はい。

岸本　「洋服、むちゃくちゃぼろぼろ」って書いてあるし。
篤弘　それって、どの程度のぼろぼろなんですかね。
岸本　ええと、どこだっけなあ（と英訳本をめくる）。あ、これです。「彼はあまりに貧しい身なりだったので、普通の人だったらこんな服じゃ恥ずかしくて外に出られないんだけど、でも彼はいろんなことで頭がいっぱいで、あと激しい侮蔑の念に燃えていたので、べつにいいんだ」とか、ざっくりですけどそんな感じです。
篤弘　身なりなんてどうでもよくなってるんだね。
三浦　そもそも、服装を云々しなくていいような、ごみごみしたところに住んでるみたいですし。賭博で仕送りを使い果たしてしまったので、親が用意してくれた快適な下宿から、いまのアパートに移って屋根裏部屋に入ったものの、賭場が近くてますますのめりこんだ。そのため、場末のアパートの家賃も払えない――。
篤弘　それだ。
三浦　あれ？　これはなんでしたっけ（と、プリントアウトされた文面を眺める）。
岸本　あ、それは、さっき読んだ本編の冒頭部分の続きのページなんだけど、一応、念のために訳しておいたの。
三浦　そうでした。では、せっかくですから読んでみましょう。

（冒頭の続き・岸本佐知子訳）

……彼にとって恐れるに足らぬものだった。敵がどんなことを企もうと知ったことではなかった。しかし階段の扉の前に立ち、自分とは何の関わりもない凡庸なたわごとに耳を傾け、早く家賃を払えの何のとぐちぐち脅し文句や恨み言を並べられ、やむなく節を曲げて弁解を言ったり嘘をついたりしなければならなくなることを思うと――だめだ、そんなことをするくらいなら猫のように足音を忍ばせ、こそこそと人目を忍んで階段を下りていくほうがまだましだった。

だがこの日、おもてに出る際に彼の味わった債権者との遭遇の恐怖は、彼自身にとってさえ衝撃的だった。

「こんな大それた計画を胸に秘めている僕が、まだあんなつまらぬことに恐れを感じるとはな！」彼はそう考えて、奇妙な笑みを浮かべた。「ふむ……なるほどな……すべてを手中にしている人間が、それをみすみす手放してしまうことがあるとすれば、それはひとえに臆病さのゆえなのだ。これはちょっとした格言だ。なかなか興味深い考察だ。人は何をいちばん恐れるのか？　何か新しいことをすること、自分が今までに一度も言ったことのないことを言うこと――それこそが彼らのもっとも恐れることだ。だがこんなのは無用なおしゃべりだ。こんなだから僕は何もできないのだ――こんなふうに自分に向かって長々とおしゃべりばかりしているから。いや、ひょっとすると逆なのかもしれない。何もしないからこそ、おしゃべりばかりしてしまうのかもしれない。ここひと月の間ですっかりこのおしゃべり癖がしみついてしまった、日がないちにち自分の部屋で寝床に寝ころがり、考え事ばかりする癖が。そして考えることといったら、ありもしない理想郷のことばかり。なぜ今さら立ちあがる？　本当に僕にそれができるのか？　それはそんなに重要なことか？　もちろん違う。そんなものは、ただ暇つぶしに考える夢物語だ。ただの絵空事にすぎない！　そうとも、けっきょくそうなんだ——ただの絵空事なんだ！」

外はおそろしく暑く、湿気がそれに拍車をかけていた。

浩美　このページ、かなり重要かも。
岸本　もう企んでるよね、ラスコ。
三浦　なんだか第一部で殺しそうな気がしてきましたよ。
篤弘　この調子だと殺るんじゃないかな。
岸本　待って。ごめん。「家賃」じゃなくて、やっぱり「借金返せ」かも。要は払いを早くしろっていうことなんだけど、「家賃」はちょっと私が勝手に気をまわし過ぎたかもしれません。
三浦　それにしてもこいつ、自分で店賃（たなちん）溜めといて、たわごとが過ぎるな。
岸本　なんかね、もうウザいの、この人、全体的に。

三浦　ふむふむ、なるほど――と思って線を引いたら、「これはちょっとした格言だ」なんて自分で言ってやがる！

篤弘　しをんさん、それはもうドストの罠（わな）にはまってるよ（笑）。

三浦　どれだけドストおよびラスコに振りまわされるのか。

岸本　やられっぱなし。

三浦　（読みながら）わぁ、ウフフフフ、（さらに読みながら）むかつくヤツだなあ。

浩美　この二ページでかなり重要なことが書かれてますね。影絵的に言っても。

篤弘　「影絵的」って、なんなのそれ（笑）。

浩美　あらすじに選ばれるくらい重要ってことですよ。

篤弘　この「すべてを手中にしている人間」って、どういうことです？

岸本　ああ、このへんね、よくわからなかったけど、やるもやらぬも自分の気持ちひとつ、みたいな意味かもしれない。

三浦　「考えることといったら、ありもしない理想郷のことばかり」って、ラスコはもしや革命を志しているんですかね？

篤弘　「なぜ今さら立ちあがる」とかね。

三浦　きっと、家賃とか諸々（もろもろ）の借金を返さなきゃいけない自分を、「革命を起こす」という使命とすり替えてるんですよ。わかった、その崇高な理念とやらのために、老婆を殺して金を取ろう、ということですよ。

浩美　鋭い！

三浦　革命資金を手に入れようっていうことじゃないですか？

浩美　影絵的には、そんな感じでしたね。

篤弘　じゃあ、しをんさんの推理をじっくり聞きましょうか。

三浦　私が思うに、実際のところは、「大家さんにうるさいこと言われたくないな」と、うじうじ思ってびくついているだけのラスコが、「俺はそんなことでびくびくするような男じゃないぜ、家賃滞納なんてびくびくに値しない。なぜなら俺は、理想郷をこの世に現出せしめる使命を背負った革命戦士なのだから！」って、自分で思いこんじゃってるんですよ。

篤弘　革命のことなのか、「大それた計画」ってのは。

三浦　人殺しの計画も含まれている気がしますけどね。

岸本　すいません、ひとつ告白していいですか。いまよく読んだら「大それた」とは書いてなかったです。「こんな計画」くらいでした。

三浦　大丈夫、いずれにしても同じことですよ。

岸本　まあね、大それてるよね、たぶん。

三浦　つまりラスコは、冒頭ですでに、「殺っちゃおう」と決意してるんです。大家のばあさん、金を持ってそうだから殺して取っちゃえ、と。奪った金は仲間との革命資金に投入しよう、大義のために俺は殺るんだ——そう思ってるんですよ。だけど本当は、「大家うるせえし、もう家賃も払えないし、この状況どうにかなんねえか」みたいなことなんですよ。

浩美　うんうん。影絵的にも、ラスコは自分が殺すのは正しいことだと思ってるみたいだった。だけど、殺されるのは大家さんじゃなくて金貸しの老婆ね（笑）。

三浦　あ、そうか（笑）。

岸本　じゃあ、最後のほうで、「論理学のかわりに人生が到来し」とあるのは、やっとそういうウザさが取れて真人間になったということなのかな。

三浦　知識層の若者にありがちな頭でっかちが、まったく性質の違う——もっと感情みたいなものを重視する人間になっていく話なんですかね？　だとすると、その変化はソーニャのおかげっぽい。

浩美　鋭いっ。さすが、しをん。もう、それなのよ。

三浦　いやまぁ、順当に消去法で行くと、そうならざるをえないというだけで。なんたってこちとら、いまのところ知ってる主な登場人物は、ラスコとイリヤとソーニャのみですから。

岸本　ソーニャっていう人は信心深い人なのね。

三浦　エピローグで聖書をくれましたからね。信仰の名のもとに彼を責めるかと思ったら、そうしなかった。それで、ラスコはなおさら感銘を受けた。そんな感じでしたよね。

人肌がないと、うなされてしまってね……。

三浦　ドストエフスキーともなると、英訳本は何種類も出てるんですか。

岸本　そうね、何種類もあったと思います。で、一番ポピュラーなペンギン・クラシックスを選びました。

篤弘　タイトルは直訳でしたっけ。

岸本　*Crime and Punishment* って、そのまんまですね。（英訳本を手に取る）よく見ると怖いよね、この表紙。穴の向こうから目が覗（のぞ）いてる。

三浦　殺されたばあさんの恨みの目に違いないですよ。

岸本　壁に塗りこめた死体がありそうだよね。ポーでもいける表紙。

三浦　しかしですよ、いまの感じで、もし私が大筋を言い当てているんだとしたら、超つまんない話じゃないですか？　誰でも思いつく話っていうか……。

篤弘　でも、なにしろ世界中で読まれているわけだし、世界中が素晴らしいと認めた小説なんだから、殺人のあとの逃避行がよほど面白いんじゃないかな。

三浦　だけど逃亡劇って、「あっ、危ないっ。ラスコ逃げて！」という間一髪が繰り返される以外、どんな作劇法があるんでしょう。いくらなんでも、ハリウッドっぽくなり過ぎませんか？そういうストーリー展開のあいだにも、ラスコがうじうじ考えて、内心を語りまくるのかな。

篤弘　そこで、ソーニャが逃避行に色をつける――。

三浦　ああ、色事もあったほうがいいですよね。

篤弘　堅苦しい革命小説は書きたくない、とドストの筆が遊んで――。

三浦　男とつるんで「革命だ！」ばっかりじゃ読者も飽きるから、女も登場させておこう、と。

篤弘　そして、知識人や賢者じゃなく、ソーニャみたいな女性に諭(さと)されて新しい自分を見出す。

三浦　なるほど。ラスコにとって、最初は取るに足らない女、ソーニャ。

篤弘　じゃないと、効いてこないからね。

浩美　あはははは。

篤弘　なんなの、その笑い。もしかして、いまの推理、かすってる？

浩美　かすってる、かすってる。

三浦　すごい田舎娘で、教養はないんだけど、教会にだけは通ってるソーニャ。

篤弘　つまり純粋ってこと？

浩美　惜しいなぁ。あのね、なんの職業かっていうところが大事なんですよ。
岸本　あっ、まさか。
篤弘　身体（からだ）を売ってるとか。
浩美　そのとおり。
一同　ええっ？
（沈黙）
三浦　ある意味、定番でもあるか……。
篤弘　吉川英治の『宮本武蔵』でも、人を斬る前だったか後だったかに、武蔵が遊郭（ゆうかく）に行くでしょう。あれを思い出した。
岸本　ということは、こやつは悪所通いをしているわけですな。
三浦　金もないのに、悪所通いを夜々しておるに違いない。
岸本　なのに、「革命」とかほざいてる。ラスコがウザいのは、家賃払えなくてびくびくしちゃって、びくびくしてるのに、すぐ「ふっ、俺ったら」ってなるところなんだよね。
浩美　でも、もし、逃亡劇で盛り上げていくとしたら、いまのところ、「きゃー、ラスコ、大変、逃げてー」みたいな、読者の気持ちをグッと摑む感じがまるでなくない？　あまりにウザくて。
三浦　そこはたぶん、ソーニャと心を通わせるうちに、彼が人間的に変化して成長するんですよ。

篤弘　それだ。たいていの物語はそうだし（笑）。

三浦　ラスコは人を殺した勢いで女を買いにいく。それで適当に、「じゃあ、おまえ」と選ばれたのがソーニャ。

篤弘　そうなると、犯行のあと、すぐにソーニャが登場しそうだけど。

三浦　奪った金は革命に投じなきゃいけないのに、ラスコはびくつき野郎だから、女のいる宿に居続けちゃうんですよ。「人肌がないと、うなされてしまってね……」なんて暗い目で思わせぶりに言ったりして。つまり、人を殺した金でソーニャを買い続ける。

篤弘　それだ。

三浦　悪所に潜んで、このまま捜査の目から逃れようとも思ってるはずです。

浩美　なるほど。

三浦　そのうちソーニャも、「この人もしかしたら、近ごろ巷（ちまた）で話題の、おばあさん殺しの下手人なんじゃないかしら」と気づく。だって、下宿人のラスコがいないことは、イリヤが聞きこみに行ったおかげで判明してるはずですから。

岸本　イリヤは貧民窟の周辺にも人相書きを置いてゆく——。

篤弘　そして、ソーニャはラスコを匿った。

三浦　そうそう。ソーニャは自分の稼ぎをラスコに渡して、「故郷にでも逃げなさい」って言うんですよ。

一同　ああ――。

三浦　そこからラスコの逃亡劇が始まります。そのときにはもうソーニャとの心の交流があって、ラスコの了見が変わり始めている。「なぜ、この娘はこんなにしてくれるんだろう」と、他者の心情にも思いをめぐらすようになって。ま、そこはラスコなんで、「俺の見た目がいいから、惚れやがったな」てな具合に、最初はうぬぼれてトンチンカンな答えを導き出すのですが。

篤弘　岸本訳によると、イケメンなんですよね。

岸本　そう。さっき訳した冒頭部分のすぐあとに「彼は人目をひく美男で」ってはっきり書いてある。

三浦　ソーニャは普段、ウォッカ浸けのおやじの相手ばかりしてきたから、ノリでラスコに優しくしてくれただけかもしれませんけど。

岸本　それで逃亡劇に――。

浩美　その筋のほうが読みたい！　ぜんぜん違うんだけど（笑）。

篤弘　違うのか――。

三浦　さも読んだことあるかのように長々と語ったのに！

岸本　きっと、こっちのソーニャのほうがいい娘だよね。
篤弘　じゃあ、このまま推理を続けようか。
三浦　えー、だって違うんでしょ？　どんな羞恥プレイなんだ、これ。
浩美　いいから続けて、しをんさん。
三浦　ええとですね……、ソーニャが文字どおり身銭を切った資金をもとに、ラスコはとりあえず地縁がある土地へ向かいます。
岸本　しかし、そこに迫りくる官憲の手。
三浦　はい。執念深い刑事イリヤが追ってくるのです。ラスコは故郷行きの汽車に乗っている。すると、ホームの雑踏をかきわけて、こちらへ向かってくるイリヤを発見。やばい！　発車間際の汽車からとっさに飛び降り、隣のホームに停まっていた別の汽車に乗りこむラスコ。
岸本　汽車内で「待てー！」の追いつ追われつ。
浩美　なるほど、汽車でね（笑）。

あ、私、わかっちゃったんですけど。

篤弘　じゃあ、このあたりで、いよいよページを指定して読んでいただきましょう。とりあえず、

第一部の最後はどうです？

三浦　いいですね。

岸本　最後の一ページが三行だったらどうしよう。

――大丈夫です。ある程度の分量があります。前のページの最終行がきりがいいので、そこから読みます。

（第一部のラスト〔旧上 p150〕、朗読）

彼はどうして家の門を通ったか、うつろにしかおぼえていなかった。もう階段のところまで来てしまってから、やっと斧に気がついた。ところで、できるだけ人目につかないように、斧をそっと元へもどすという、ひじょうに重大なしごとがのこっていた。もちろん彼には、いま斧を元の場所へもどそうとしないで、あとででも、どこか他の家の庭へ捨てたほうが、ずっと安全かもしれない、と判断する力はなかった。

ところが、万事都合よくいった。庭番小舎の戸はしまっていたが、鍵がかかっていない、とするといちばん考えられることは、庭番が小舎の中にいるということだ。だが、彼はもうものを考える力をすっかり失っていたので、つかつかと庭番小舎のまえへ行って、いきなり戸を開けた。もしも《何用かね？》と庭番に聞かれたら、彼はものも言わずに斧をさし出したかもしれない。ところが庭番はまたいなかった。それで彼は斧を腰掛けの下の元の場所におき、おまけに元のように薪でかくすことさえできた。それから自分の部屋へかえるまで、彼は誰にも会わなかった。おかみの部屋のドアはしまっていた。部屋へ入ると、彼は出かけるまえのように、ソファに身を投げ出した。眠りはしなかったが、もうろうとしていた。もしもそのとき誰かが部屋へ入って来たら、彼はいきなりはね起きて、どなりつけたにちがいない。いろんな想念のちぎれやかけらが頭の中にうようよしていた。しかし彼はどんなに躍起となっても、その一つもとらえることができなかった、どの一つにも考えをとどめることができなかった……

岸本　殺したて、ほやほやだ。
浩美　第一部の終わりで、もう――。
三浦　いま読んでいただいた文章の中に、重大な誤りがありました。いえ、ドストの誤りじゃなく、私の誤りなんですけど。
浩美　なに？
三浦　なんだよ、大家のばあさんが殺されるんじゃないのかよ！
（一同、大きく頷く）
篤弘　「部屋へかえる」と言ってるし。

浩美　しをんさん、どうしても大家さんだと思っちゃうのね。

三浦　庭番小舎にあった斧を使って、たぶんその家の住人を殺したんですよね。もし、庭番が居合わせたら、早くも自白せんばかりの軟弱ぶりでしたけど、折よく誰もいなかったから、斧を戻して、大家さんにも見られずに逃げ帰った。

篤弘　要するに金持ちを殺したわけだよね。当時の読者はそこに共感したのかな――。

岸本　因業(いんごう)ばばあ殺し。

三浦　格差殺人。革命を志しているとしたら、やっぱりそういう展開になるでしょう。

篤弘　ひどい金持ちを抹殺して、庶民の支持を得る――。

三浦　ラスコ、正義だと確信し、動揺はすれども少しも反省せず。

浩美　たしか、影絵もそういう感じだった。ものすごい悪徳高利貸しの悪ばばあで、死んだほうが世のためだと多くの人が思っているような描かれ方だった。

篤弘　まぁ、そうじゃないとここまでラスコも気どれないでしょう。

三浦　しかし、殺されたのが大家じゃないなら、何がどうなってラスコの仕業だと足がつくんでしょうか。

岸本　指紋鑑定もないもんね、この時代。

浩美　あのね、思い出してほしいんだけど、ラスコはこのおばあさんの他にもう一人殺してるのね。

リザヴェータっていう人。彼女が重要なのよ。

三浦　あ、私、わかっちゃったんですけど。

篤弘　え？　まさか、ラストまで全部？

三浦　さすがにそこまでは……。どうして足がついたか、です。あのですね、「未亡人と、（その妹だか姉だかの）リザヴェータを殺した」とラスコは自白するじゃないですか。このリザヴェータっていうのは、じつは、イリヤの奥さんなんですよ。

浩美　えっ？　もう一回言って――。

三浦　刑事イリヤは、殺されたリザヴェータの夫なんです。たしか、未亡人の夫も役人でしたよね？　つまり、この姉妹はどちらも役人に嫁いだんですよ。

篤弘　面白い。ありえる！

三浦　役人の未亡人は小金を貯めた因業ばあさんですけど、リザヴェータと夫のイリヤはつましく暮らしているんです。この日、リザヴェータはちょうど、姉妹である因業ばあさんを訪ねてきたところだったんですよ。それで、イリヤも「あとから行くよ」と約束していた。

岸本　なるほど。

三浦　二人が殺されたあと、イリヤは惨劇を知る由もなく義理の姉妹の家にやってくる。そして、庭番小舎の付近でうごうごしてる人影を見た。ぼろ服を着た、怪しい人影を。「おや？　あれは五階建てアパートに住んでる、頭でっかちの若者じゃあるまいか？　なぜこの屋敷に……」。嫌な予感を覚えながらも、因業ばあさんちのドアを開けるイリヤ。部屋はもう血の海ですよ。「リザヴェータ！　しっかりしろーっ」「うう、あなた……。いきなり侵入してきたイケメンが……（がくり）」「リザヴェーター!!!」。イリヤは、「犯人は絶対に俺が捕まえる」と妻の墓に誓うのでした。

（一同、拍手）

篤弘　でもさ、第一部のトメの文章から推測すると、たぶん誰にも見られてないんじゃないかな。

三浦　あらま。

岸本　私ね、さっき言ったとおり、英訳版で最初の三ページまで読んじゃったのね。で、その三ページに出てきたんだけど、つまりね、帽子をかぶってるわけよ、この人。

篤弘　この人って——。

岸本　ラスコが。

三浦　まさか、現場に落としてきて足がついたとか！

岸本　そんなわけないいか（笑）。

篤弘　ラスコは最初から帽子かぶって出てくるの？

岸本　最初の、身なりがみすぼらしい、という描写のところで、通りすがりの酔っぱらいに「ドイツの帽子屋！」とか、そんなふうに言われる場面があって――。

篤弘　ああ、なるほど。特徴的な帽子だってことをドストは強調してるわけだ。

岸本　酔っぱらいにからかわれるような帽子なんだよね。

三浦　それだ！　そんなのをかぶってるのはラスコだけなんですよ。それで足がつくんだ。

岸本　ぼろでシミだらけで穴があいていて、ツバも取れてるって書いてある。ツバがないってことは、スポッと頭にはめるのかな。

篤弘　その変な帽子で彼とわかってしまった――。

浩美　ええと――あのね、なんで足がついたかはそんなに重要ではないかもよ。影絵的には関係なかったし、大したことではないかな。

三浦　こんなに大部の小説だと、二人殺したことだって大したことない気がしてきますが……。未亡人のほうが金貸しのばあさんだとすると、その妹だか姉だかのリザヴェータまで殺しちゃったのは、おそらく、不幸にも居合わせたから、ということなのではないでしょうか。

岸本　目撃者殺害。

浩美　影絵ではそうだったかな――。

岸本　知り合いだったから？

三浦　そっか、リザヴェータとラスコがね。

浩美　いや、影絵的にはその二人は知り合いではなかったと思うけど、そのあたりは記憶が曖昧というか、なにしろ十五分だったんで——。

そうか、捨てキャラか。

篤弘　では、もうひとつヒント行きましょうか。さっきのヒントが第一部の最後で一五〇ページくらいでしたから、そこから二十ページくらい遡(さかのぼ)れば、決定的なことがわかるかもしれない。
浩美　ばっちりのところを読んじゃったらどうする?
岸本　それもまた運ということで。
三浦　さっき読んでもらったところは、斧を隠す描写だけで一ページ使ってましたよね。
篤弘　しをんさんの推理では、殺人の場面は何ページくらい前?
三浦　そうですねぇ、家から庭番小舎まで出るところで一ページ。犯行現場で呆然(ぼうぜん)と佇(たたず)んで二ページぐらいは行くんじゃないでしょうか。
岸本　あと、スプラッター描写。飛び散る脳漿(のうしょう)その他。
三浦　あるかな(笑)。たぶん、二人目を殺し終わったところが、さっきの五ページくらい前じゃないかと思います。

篤弘　殺人のあともラスコは延々と理屈を言うのかね。それとも、ここはわりと淡々と行くのか。
三浦　一人目と二人目のあいだは、あれこれ考えそうですね。
篤弘　その場合、そのモノローグって意気揚々系なのかな。
三浦　「見られた、どうする」「ついでに殺っちゃえよ」「しかし、因業ばばあについては正義の殺人でも、単なる目撃者となると……」「ラスコよ、その程度の覚悟で革命を実現できると思うな」「そうだった、俺は革命戦士なのだ！」を、ぐるぐる十周ほどどって感じですかね。
岸本　三ページは考えるよね。
浩美　いま、一五〇ページを読んでもらったんだっけ。
篤弘　ということは、五ページ前だと一四五ページ——。
三浦　一四二ページにしたら？　シニ（死に）だから。
岸本　それだっ。一四二ページ！

（第一部のラスト前〔旧上 p142〕、朗読）

思いはじめた。なぜか？　その足音に何か特別の意味でもあったのか？　足音は重々しく、ゆったりとしていて、よどみがなかった。そらもう彼は一階をすぎた、さらにのぼってくる。足音がしだいに、いよいよはっきりしてきた！　のぼってくる男の苦しそうな息ぎれが聞えた。そら、もう三階にかかった……ここへ来る！　不意に彼は、身体中がこわばったような気がした。まるで夢の中で、追いつめられ、もうそこまで来て、いまにも殺されそうだが、まるでその場に根が生えたようになって、手も動かせない、そんな気持だった。

そして、ついに、客がもう四階の階段をのぼりはじめたときに、

篤弘　四階が老婆の部屋で、足音がしてくるんだ、下から。
岸本　ということは、まさに――。
篤弘　いや、まだでしょう。
三浦　でも下宿で……。
篤弘　ここは下宿じゃないって、しをんさん（笑）。
三浦　そうでした（笑）。

（かまわずに朗読）

はじめて彼は不意にはげしく身ぶるいして、素早くするりと踊り場から部屋の中へすべりこみ、背後のドアをしめることができた。それから掛金をつかんで、音のしないように、しずかに穴へさしこんだ。本能がそれをさせたのである。それがおわると、彼はそのままドアのかげにぴたりとかく

れて、息を殺した。招かれぬ客ももうドアの外に来ていた。彼がさっきドアをはさんで老婆と向いあい、身体中を耳にしていたときとまったく同じように、二人はいまドアをはさんで向いあった。

客は二、三度苦しそうに息をついた。《ふとった大きな男にちがいない》とラスコーリニコフは、斧をにぎりしめながら考えた。実際に、まるで夢を見ているような気持だった。客は呼鈴をつかんで、はげしく鳴らした。

呼鈴のブリキのような音がひびきわたると、不意に彼は、部屋の中で何かがうごいたような気がした。数秒の間彼は本気で耳をすましたほどだ。見知らぬ男はもう一度鳴らして、ち

篤弘　盛り上げるなあ。

岸本　これは殺したあとかな。

三浦　あとじゃないでしょうか。四階に住んでいる老婆を殺して帰ろうとしたところで、誰かが階段を上ってきた。

岸本　で、引き返した。

三浦　殺人現場である部屋に戻ったか、あるいはドアを挟んで、老婆と向かい合っていたようにも思えましたが――。

篤弘　いや、それは最初にラスコが訪ねてきたときに、部屋の中の老婆の気配をドア越しに探った

ことを思い出したんでしょう。

三浦　そうか。殺す前に部屋にいるかどうか確認したときのことですね。

篤弘　それが今度は逆の立ち位置になった。ラスコは部屋の内側にいる。だから同じドア、老婆の部屋のドアでしょう。ドアの外に誰かやってきて、背後にも気配を感じている。つまり、ラスコは誰なのかわからない二人の人物に挟まれてる——。

浩美　かなりスリリング。

三浦　老婆の部屋に戻ったということは、死体が室内のどこかに転がってるはずですよね。そのあと、ガシャガシャとドアの把手が引っぱられる。誰かが訪ねてきた。階段を上ってくる彼を、太った男だとラスコは思ったらしいですが、姿は見ていない。

——ちなみに、「そらもう彼は一階をすぎた」の「彼」に、強調らしき傍点が打ってあります。

篤弘　イリヤかもしれないよね。

三浦　二人目の被害者であろうリザヴェータも気になりますね。彼女はどこにいるんでしょう。

篤弘　そうだよね、二人目はこのときどうなってるのかな。

三浦　二人目は、一人目が殺されるのを部屋の中で隠れて見ていたのかもしれません。

篤弘　そうか。ラスコは「もう一人いる」と気づいていなかった。でも、ドストはこの場面でラスコを部屋に戻した。そして、二人目に気づく——。

三浦　おお、緊迫感と切羽詰まり感がハンパないですね。もしくはですよ、訪ねてきた彼は、いま読んでもらった箇所では姿は見えてない。そして「彼」にわざわざ傍点が打ってあるという。つまり、「彼」じゃない可能性があります。

浩美　え？「彼」じゃないって？

三浦　ドアの外でガシャガシャやってるのを、ラスコは勝手に太った男だと思っていますが、じつは太っちょの姉妹、リザヴェータなんです。

岸本　え？ でも、姉妹なら合鍵を持ってるんじゃないかな。

三浦　離れて暮らしてるんですよ。そうしょっちゅう行き来するわけじゃないから、合鍵までは持ってない。そして、部屋の中の気配の正体は――。

浩美　誰なの？

三浦　イリヤです。つまり、イリヤは因業ばあさんとつきあっていた。

岸本　なんと（笑）。

三浦　あ、でもそれなら、因業ばあさんが殺される前に、イリヤがラスコに飛びかかって取り押さえようとするか……。

浩美　むしろ、イリヤを先に殺らないとね。

三浦　部屋の中の気配はひとまず置いておいて、訪ねてきた男をドアを開けて引きこみ――ま、実際は男と見まごう体格のリザヴェータなんですが、ラスコは彼女のことも殺す。二人目の殺人をやり遂げて、やれやれと逃げようとするラスコ。ところが、ソファの陰から「見たぞー」とイリヤが登場。

岸本　殺し終えてから出てくるとは、イリヤも悪いヤツだねえ。

三浦　あら、数がおかしい。ラスコは、因業ばあさんの部屋で謎の気配を放つ人のことも、目撃者だから殺すはずですよね。それでもう二人だから、ドアをガシャガシャやってる太った人は殺されない。つまり、訪ねてきた太っちょはやっぱりイリヤですよ。

岸本　イリヤなの？　どうしてもイリヤなんだ（笑）。

三浦　私たち、他に人名を知りませんからね（ドヤ）。

岸本　ああ、あともう一人ソーニャがいるけど――。

三浦　いや、ソーニャはヒロインでしょうから、よもや太ってはいないはず。もしかすると、近所のパン屋のおやじとかかもしれないですが――そうか、捨てキャラか。

岸本　捨てキャラ！

三浦　「わわわ、どうしよっ。誰か訪ねてきちゃったよう」って読者をドキドキさせるためだけの、捨てキャラです。

浩美　でも、「彼」に傍点がついてるんですよ。捨てキャラはないんじゃないかな。

三浦　うお、なんかすごいつまんないこと思いついちゃいました。その「彼」っていうのは、ラスコの罪の意識が生み出した幻なんですよ。

岸本　なあんだ、後ろの物音もそうか（笑）。

浩美　とんだ臆病者のラスコ。

三浦　リザヴェータのことも、もう殺したあとかもしれないですから。

浩美　じゃあ、このシーンの前後どっちかを読んでもらう？

三浦　うーん……。われわれ、ちょっと細部に気を取られ過ぎているかもしれません。第一部の終わりで殺されているという事実をもっと重く受け止めて、残りの五部で何が書かれているのかをしっかり考えないと。

篤弘　それにしても、この八ページのあいだに二人も——。

三浦　できれば、どうやって足がつくのかを知りたいなあ……。

浩美　足がつく——ねぇ……。

篤弘　あれ？　何か知ってる？　影絵的に。

浩美　いや、知らないですけどね。

篤弘　さっき、一人目より二人目が重要って言わなかった？

岸本　あのさ、姉さんのほうは因業ばばあなんだけど、妹はいい人だったとか、そういうことじゃない？

浩美　鋭いっ。

岸本　当たった？

浩美　しかもね、その妹が誰とつながっているかが重要なんです。

三浦　え、だってそうしたらイリヤかソーニャしかいないじゃないですか。やっぱり、リザヴェータはイリヤの妻だな。

浩美　あのね、もうこうなったら言っちゃいますけど、ソーニャとつながってるんですよ。

篤弘　ええっ？　ソーニャとリザヴェータがつながってるの？

浩美　そう。知り合いなの。

篤弘　てことは、ソーニャは自分の知り合いを殺されちゃったわけだ。

浩美　そういうことです。

篤弘　そして、そのあとラスコと出会って――ソーニャは彼が犯人だってことを知るのかな。

三浦　知るんでしょうね。エピローグではそういう感じでした。

篤弘　そうかあ――。

三浦　「それでもなお、ラスコを許すソーニャ」という展開だとしたら、リザヴェータとソーニャは相当近しい知り合いじゃないと盛り上がらないですよね。「行きつけのパン屋のおかみさん」ぐらいの間柄では、やや弱い。

篤弘　とはいえ、血がつながっているとなると、違う話になっちゃうし。

三浦　血縁だと、因業ばあさんとも関係が出てきちゃいますしね。

篤弘　もしかして、ソーニャって探偵役でもあるのかな。

三浦　『『リザヴェータおばさんを殺したのは誰なの！』』。ソーニャは悲憤し、ついに安楽椅子から立ち上がった。」

篤弘　名探偵ソーニャ。

岸本　やがて憤り(いきどお)が愛に変わっていく。

浩美　捕まえたら、わりにイケメンだった——。

三浦　「犯人はあの栗毛の青年に違いない。ああ、だけど彼って、なんてかっこいいのかしら。憎まなければいけない相手なのに、神よ、なんという残酷な試練をわたくしにお与えになるのですか！」

岸本　濃いめのキャラ（笑）。

三浦　「彼は敵。いけないわ」——第二部はこのようにハーレクイン的に攻めて、第三部で神の残酷さを本格的に問う宗教論争になだれこむ。

岸本　第四部は「ソーニャ怒濤(どとう)編」。

三浦　そして、第五部はいよいよ「革命編」。『火の鳥』みたいですね。
岸本　盛り沢山で、いろいろしないとね。なにしろ、この長さだし。
篤弘　たしかに、「彼」の傍点ってなんかありそうだな――。
岸本　やはり女だった――まさか、ソーニャ？
三浦　いや、待ってください。ノリノリで探偵説を演じておいてなんですが、そんな推理小説的なミスリードの手法が、この時代にありましたかね。
岸本　ドストが考えついたんですよ。
浩美　でも、まだ江戸時代なんでしょう？
三浦　江戸時代じゃ、みんなミスリードにころっと引っかかったでしょうなぁ。
浩美　なんにせよ、ドストはやっぱりすごかったってこと？
三浦　だとしたら、ポーが「推理小説の祖」と評されるときに、「あるいは、『罪と罰』のドストである」みたいなことが、ちょっとは書かれてもいいはずですけど。
岸本　そんな話、聞いたことないもんね。
三浦　やっぱり「彼」は男でしょう。もしくは幻覚。むろん、「ソーニャ＝デブ説」を採ってもいいですが。

読むのかな・・・

未読座談会・其の二

浩美　だいぶ話が脱線してきたんで（笑）、そろそろ朗読に行きましょうか。
岸本　そうね、階段を上ってきたデブについてはいったん置いといて、もうちょっと先をね。
篤弘　なにせ、まだ第一部だから――。
三浦　いまわかってる登場人物だけだと、われわれの推理も展開しようがないですし。ラスコとソーニャがどうやって知り合うのか、どうして足がついたのか……。
篤弘　しかしさ、ここまでそれなりに理詰めで考えてきたけど、ひょっとするとこれって――、
三浦　偶然？
篤弘　だった場合ね。だって、一四二ページの一ページだけで、「不意に」という言葉が三回も出

てくるんですよ。ラスコとソーニャの出会いも単なる偶然で、つまり、殺人のあとに心もとなくなって悪所へ行って、相手の娼婦——それがソーニャなわけですが——に、つい言っちゃうんです。「いま俺は人を殺してきた」って。

三浦　ああ、それだ。それですよ！

篤弘　ソーニャはそのときはわからないけど、あとになって、自分の知り合いがその夜、殺されたと知って、「あ、あの人だ」と、つながるわけ。

三浦　へんてこなドイツ帽子のあの人だと。……やっぱりソーニャが、階段を上ってきたデブなのか？

篤弘　いや、そうじゃなくて、ソーニャは目撃はしてないの。ラスコから聞いた話で確信して、最初は警察の捜査に協力するわけ。

三浦　なるほど！　愛と裏切りが交錯して、いい感じですね！

篤弘　最初のうち、ソーニャはラスコを追うほうに加担しているというか、情報を流すんですよ。

三浦　うん、リザヴェータおばさんの仇（かたき）を取ろうと思ってるから。

篤弘　「こういう男だった」と警察に証言するのが、じつはソーニャなんですよ。それで足がつく。

ラスコーリニコフって苗字なんだ!

三浦　とはいえ、ソーニャとラスコが交流を深めるきっかけがないと、物足りないですよね。
浩美　あのね、こんなに長い話なんだから、この人たちだけで話が展開するわけじゃないのよ。
（一同、沈黙）
篤弘　でも、十五分の影絵にできるわけでしょう？　まぁ、そうとう端折（はしょ）ったとは思うけど。
浩美　とにかく、まだまだ重要な人物が何人も出てくるのね。どちらかと言うと、この先は、いま出てきている人たちじゃない人たちで話が展開するわけ。
——では、ここで未知の登場人物について少し情報を加えましょうか。
三浦　いえ（きっぱり）、ひとまず、ちょっとずつ朗読してもらって推理していったほうがいいと思います。そこに新たな名前が出てきたら、また考えるということでどうでしょう。
岸本　そうね。
浩美　じゃあ、一人だけ、影絵情報として重要な人物を出しちゃいますけど、マルメラードフという人が出てくるんですよ。
三浦　いかん、性別すら推測できないぞ。

篤弘　その人って前半から出てくるわけ？

浩美　出てくる出てくる。それがもうとんでもない飲んだくれのおやじなんだけど、酒場でね、ラスコがこのマルメラードフと知り合うんだな。で、そのマルメラードフは誰なのかというと、これがなんとソーニャの父親なんだな。

三浦　ああ、そういうことですか。父親が飲んだくれだから、ソーニャは娼婦をやっていると。

浩美　そういうことなの。

三浦　酒場で知り合ったおやじか……。ここでもまた偶然が。

篤弘　じゃあ、さっきの「彼」はマルメラードフの可能性もあるわけね。

岸本　因業（いんごう）ばあさんに飲み代を借りにきた――。

三浦　階段を上ってくるのをぱっと見て、「あ、やべ。マルメラードフじゃん」と、ラスコは四階の部屋に逆戻り。しかしあえて読者をじらすために、「彼」と書いて正体不明者っぽく演出した――。

篤弘　なんだか、どうしてもドアの場面に戻っちゃうね。

三浦　すみません。さっさと先へ進んで、第二部を読んでもらいましょう。

岸本　どのあたりがいいかね？　始まってすぐだとどうせ情景描写だから（笑）。

浩美　でも、いきなり第二部の最後っていうのも――。

岸本　最初より最後のほうがいいんじゃない？
——ページを指定していただくとすると、第二部は一五一ページからスタートして、第二部の終わりは三三七ページになります。
篤弘　だいたい、同じような量なんだね。連載だったから？　となると、第二部の最後も何かしら盛り上げて第三部へ引っぱってそうだよね。
浩美　じゃあ、そこ読んでもらう？
三浦　そうしましょう。第二部の一番最後のページ。また二行だったりして。
——いえ、八行ですね。
篤弘　じゃあ、だいたい一ページ分になるように、その前のページから少しサービスしてください。
——あ、これは……「母と妹は」と書いてあります。
三浦　ほーう。
岸本　やっぱり「帰郷編」か。

（第二部のラスト（旧上　p336の途中〜p337）、朗読）

われを忘れた歓喜の叫びがラスコーリニコフをむかえた。二人は彼にとびついた。しかし彼は呆然と突っ立っていた。堪えがたい突然の意識が雷のように彼を打ったのである。彼は手もだらりと垂れたままで、二人を抱擁することができなかった。母と妹は彼をしっかり抱きしめ、接吻し、笑い、泣いた……彼は一歩まえへふみ出すと、ぐらッとよろめいて、のめるように床へ倒れ、そのまま気を失ってしまった。

狼狽、悲鳴、泣き声……戸口に立っていたラズミーヒンは、

三浦　ラズミーヒンて、誰？　響きからして馬？

岸本　戸口に立ってるし！

三浦　「はにゃー、ご主人さま、しっかりしてくださいなりー」

（かまわずに朗読）

部屋へとびこむと、病人をたくましい腕に抱きあげ、すぐにソファの上にねかせた。

「大丈夫です、大丈夫です！」と彼は母と妹に叫ぶように言った。「ちょっと気を失っただけです、なんでもありません！　たったいま医者が、もうすっかりよくなった、ぜんぜん心配はないって、言ったばかりです！　水をください！　そらごらんなさい、もう意識がもどりかけてますよ、そら、気がついた！……」

そして彼はドゥーネチカの手をつかむと、いまにもねじきりそうな勢いでひきよせ、《そら、も

う気がついた》のを見せようとかがみこませた。母も妹も感激と感謝にうるむ目で、神でも拝するように、ラズミーヒンを見まもった。

三浦　（ひとりごとのように）どうやらドゥーネチカっていうのは、ラスコの妹の名前らしいな。

（なおも朗読）

二人はもうナスターシヤから、ロージャが病気の間中この《気さくな若い人》がどれほど尽してくれたかを、聞かされていた。

岸本　「気さくな若い人」って誰だろう？

三浦　ラズミーヒンのことですかね。ロージャというのは文脈からして、ラスコの愛称っぽいですけど。

岸本　うん。その可能性はありですね。だってひさしぶりに帰ってきたんだから――。

浩美　じゃあ、ナスターシヤって？

三浦　ソーニャの本名とか？

篤弘　なるほどね、ソーニャは源氏名なんだ。

（朗読は続く）

これはその夜、ドゥーニャと二人きりの話のときに、

三浦　もうやだよ！

浩美　落ち着いて。ドゥーネチカというのがいたから、ドゥーニャはドゥーネチカの愛称じゃないかな。

（無情にも朗読は続く）

プリヘーリヤ・アレクサンドロヴナ・ラスコーリニコフが自分で彼につけた呼び名である。

三浦　えっ？　ラスコーリニコフって名前じゃなくて苗字だったんだ……。

浩美　もう一回、いまの名前、読んでください。

——すみません、「プリヘーリヤ・アレクサンドロヴナ・ラスコーリニコワ」でした。

三浦　女性の名前みたいですね。

篤弘　ラスコとは違う人かも。

――「ラスコーリニコワが自分で彼につけた呼び名である」。

篤弘　もう、わけわからんよ。

岸本　お母さんとか？

浩美　うん、お母さんかも。

篤弘　ロシアの小説が名前覚えられないって、これのことか。

岸本　「登場人物表」ってないんですか。

篤弘　待って。一応、いまのくだりを最後まで読んでいただきましょう。

――いまの「呼び名である」で第二部は終了です。

一同　ええーっ。

篤弘　それで終わりって……。

岸本　してやられた。

（悲嘆の声がうるさすぎたので、第二部のラスト三行ほどを再度朗読）

二人はもうナスターシヤから、ロージャが病気の間中この《気さくな若い人》がどれほど尽してくれたかを、聞かされていた。これはその夜、ドゥーニャと二人きりの話のときに、プリヘーリヤ・アレクサンドロヴナ・ラスコーリニコワが自分で彼につけた呼び名である。

三浦　やっと飲みこめました。「気さくな若い人」という呼び名をラズミーヒンにつけたのは、そのなんたらかんたらラスコーリニコワ、つまりラスコのお母さんだということですね。
岸本　あとは、ラズミーヒンが何者かが問題。
三浦　たぶん、革命家友だちでしょう。
岸本　ラスコの実家に匿（かくま）われてるとか。
篤弘　いや、ラスコはたったいま帰ってきたばかりみたいだけど。
三浦　一緒に、ラスコの故郷に帰ってきたんですよ。
篤弘　へろへろになって――。
三浦　病気でしょうね。
篤弘　ラズミーヒンが彼を実家まで連れてきてくれたのかも。
浩美　で、ラズミーヒンは結局誰なの？　革命家友だちで決まり？
篤弘　あるいは旅の途中で知り合った――、
岸本　親切な連れ。
浩美　私の影絵情報だと、なんとなく友だちとかはいない感じだった。
三浦　じゃあ、ラズミーヒンは同郷の知り合いで、サンペテに出稼ぎに来てるんじゃないですか。

岸本　気立てもよくて、ラスコのことを心配している。たぶん、そんな感じですよ。
三浦　それで、故郷まで連れてきてくれたと。親切にね。
　「どうもラスコは病気みたいだ」と見舞いに行って、「やべぇ。こいつ死んじゃうかも」と思ったわけです。それで、「俺が付き添ってやるから故郷に帰ろう」と申し出た。ドゥーニャとお母さんには、電報かなんかで先に病状を伝えていたんじゃないですか。
篤弘　うん、なるほど。そんな感じだね。
浩美　それにしても、名前がわかりにくい——。
篤弘　呼び替えたりして、ホントややこしいよね。
三浦　でも、結構見えてきたと思いません？　第二部の最後で故郷に帰っているということは、第三部は故郷の話で決まりですよ。で、本編のラストで、たぶんサンペテの警察署へ出頭するわけですから、このあとは……そうですねぇ……なんかすることあるかなぁ……うーん……。
篤弘　見えてきたと思ったのは、錯覚でしたね！
三浦　犯行については親に話すのかな。
岸本　言わないんじゃないですか。
三浦　そして、この家、お父さんが出てこないけど——。
　まさか、お父さんがイリヤということはないですよね。

篤弘　しをんさん、イリヤにこだわるよね。意外と超捨てキャラかもよ。最後に一瞬だけ出てくるだけの――。

岸本　最終ページの三ページ前にやっと出てきました、みたいな。

三浦　なんということだ。イリヤはただの、よく行く喫茶店のマスターとかで、「こりゃ驚いた、ラスコの旦那がねえ。まったく世も末だよ」みたいなことかもしれないのか。

浩美　ラスコをマークしている警察の人がいるのは確かだけど、なんていう名前だったかなあ――。

篤弘　追いまわすヤツがいることは間違いないんだ？

浩美　だって、それで物語を引っぱってたから。

篤弘　でも、ラスコの故郷まで追ってくる？　来るか、当然。

三浦　来るんじゃないですかね。とはいえ、第三部の始まりは、故郷で気力体力を取り戻しつつあるラスコですよ。お母さんと妹の愛に改めて触れて、都会に残してきたソーニャのことはちょっと忘れがちになる。そこへイリヤの影が――というところで第三部は終わりです。

篤弘　要するに「彼も人の子」パートですね。ここで読者の同情も買っておくのかな。

三浦　幼少期には日曜学校に通って神の教えにも触れたものだ、とかね。

篤弘　そういう少年時代の背景を書いて、読者のみんなと同じだよ、みんなと同じように生きてきた一人の男だってことを――、

三浦　第三部で知らしめる。そんなラスコの心にも「革命」への未練がありつつ、このヘタレぶりだから、日によっては、「このまま地元でバターを売って暮らすのもいいかなぁ」なんて思いがよぎったり。そこへ、イリヤの影が――。

篤弘　「もうここにはいられない」みたいなところで終わるわけね。

三浦　もしくは、田舎の駅のホームに、「カッ」ってイリヤの革靴の音が響いたところで、第四部へ。

篤弘　「彼はその音を聞いた。」

三浦　おお、第三部のラスト一文は、それで決まりでしょう。第四部は「追跡編」というか「逃亡編」というか、まあそういうことになりますね。

篤弘　で、帰ってくるわけだ、ペテルブルグに。

岸本　それはやっぱりソーニャに会うために――。

浩美　あのさ、影絵的にひとつ言っておくとね、妹のドゥーニャが、このあとの展開に大きく関係してくるのよ。

篤弘　それって、第三部より先のこと？

浩美　第二部のあたりから、関係していたかもしれないけど――。

篤弘　じゃあ、影絵でも故郷に帰ってた？

浩美　うーん……たしか帰ってた……かなぁ。

篤弘　妹がそのあとのストーリーに絡んでくるって、どういうことだろう。

三浦　まさか、ドゥーニャとソーニャが――、

岸本　二人ともラズミーヒンに惚れてしまう。

三浦　それをラスコが、人殺しの身であることも忘れて高みの見物。「おやおや、お三方、いい感じですな」

岸本　「妬けるね、この！」

浩美　ぜんぜん違います（笑）。だいたい、ラズミーヒンという人が出てきたかどうかも影絵ではわからなかったし。

篤弘　どっちにしろ、大筋に関係ないエピソードで少しは流さないとね、これだけ長い小説はもたないでしょう。

三浦　ドゥーニャとソーニャが女学校時代の友人だったとか。偶然。

岸本　あるいはラスコ家が立ちいかなくなって、ドゥーニャも同じ女郎屋に売られる。偶然。

浩美　あ、ちょっと近いかもしれない。女郎屋じゃないんだけど。

岸本　でも、食いつめるわけね。

篤弘　で、ドゥーニャがひと肌脱ぐ――。

三浦　わかった。兄の罪に気づいて、贖罪のために修道院に入る！

岸本　それは『罪と罰』っぽくはあるよね。

篤弘　でも、この時点ではまだ母や妹は知らないままかもしれない。

岸本　ラスコの罪を？　そうね、この感じだとまだ知らないよね。

篤弘　じゃあ、知ったときに妹がどう振る舞うか――。

三浦　たぶん、母親には伝えないようにするはずですよ。老体に衝撃を与えないために。

篤弘　そうなってくると、たしかに妹がやたらに活躍しそうだよね。

岸本　急に妹が「私がやりました」とか自供したりして。

三浦　そんな無茶な。

岸本　ロシアの犠牲的精神。

浩美　たしかに犠牲にはなるんだけどね――。

篤弘　追ってきたイリヤを色仕掛けで――。

岸本　ああ、たぶらかすと。

三浦　となると、刑事としてのイリヤの「罪と罰」を問う必要がありますよ。金貸しの部屋に潜んでいたというのに、殺人が行われる現場を黙って見過ごした「罪と罰」疑惑もあるし。私は忘れていないからな、イリヤ！

浩美　……あの……こんな調子で進めていって、本当の『罪と罰』のストーリーを解明できるのかな。

岸本　やはり、答え合わせ的に、いつかは読まなきゃいけないんじゃない？

（一同、沈黙）

篤弘　一時間くらいで読める漫画版があるでしょう？

三浦　手塚治虫の漫画もあったはずです。

篤弘　でも、ここまでの推理って、わりといい線行ってるような気がするんだけど――それとも、まったく違うのかな？

岸本　ラスコの故郷がペテルブルグからどのくらい離れているのかも気になるよね。ロシア広いし。

篤弘　意外に近いところなのかも――。

岸本　二駅ぐらいだったりして。

三浦　中野で下宿して実家は吉祥寺とか。井の頭公園でデートするラズミーヒンとドゥーニャを微笑ましく見守るラスコ――みたいな。

岸本　たぶん、すぐ追ってきちゃうよね、警察。

篤弘　ああ、それで、ドゥーニャが犠牲的行為をラスコのためにするっていう展開。

浩美　ええとね、犠牲っていうのはラスコのためっていうより家のためなのね。

三浦　あ、わかりました。たぶん、ドゥーニャはラスコを殺そうとするんですよ。

一同　ええっ？

三浦　「一族の恥！　死んで詫びろ！」と。なにせ江戸時代ですから。しょうがなく、ラスコは命からがらまたサンペテに戻るしかない。

篤弘　これは、いくつもお話ができちゃうね。

岸本　スピン・オフ的な——。

篤弘　マルチ・エンディング的な——。

三浦　パラレル・ワールド『罪と罰』。

篤弘　たとえば、下巻は「下巻A」「下巻B」と二冊あって、読者は好きなほうを選べるとか。

三浦　「こうじゃない筋だっていいじゃん、この話」って思うこと、たまにありますよね。

篤弘　書いているほうとしても、「二つ思いついちゃったんで」みたいな。

岸本　そもそも、ドストが焼き捨てたほうがずっと面白かったとか。

三浦　いま、ふと思ったんですけど、ドゥーニャってもしかして、ラズミーヒンに罪を着せるんじゃないですか。恋仲っぽかったのに、「うちの兄を犯罪者にするわけにいかないので」なんて言い出して。

岸本　どんな恋仲なんだ（笑）。

三浦　「容疑者のドイツ帽野郎は、むしろラズミーヒンっぽいと思いますわ」とか証言して。お兄さんのために、そんな卑怯者になってしまうんですよ、ドゥーニャは。

岸本　ドゥーニャの「罪と罰」ね。

浩美　……ええとですね、たしか影絵では、ドゥーニャが誰かと結婚しなくちゃならなくなって――家のためにね。悪い男のもとへ嫁ぐことになって、それでラスコが心を痛めるんですよ。

篤弘　ああ、そういうことか。結婚話まで出るってことは、結構長いあいだラスコは故郷に滞在するのかな？

浩美　あのね、影絵的にはそれって故郷の話ではなかったと思う。

三浦　え？　ということは、舞台はずっとサンペテなんですか？　私たちが勝手に「帰郷編」だと思いこんでいただけで。

浩美　影絵的には、故郷から妹が出てきて結婚する――みたいな感じだったかな。

篤弘　そうか、貧しい田舎では嫁いでもお金にならないけど、都会の小金を持っている悪党のところへ嫁に行けば――みたいなことね。日本人にはそういう話がウケるのかな。

三浦　妹が身売り同然に結婚――たしかにグッとくるポイントですけどね。いままでの階級制度では定義できない新興勢力が、都会に出現し始めた時代なのかもしれません。そのサンペテの成金とドゥーニャはいずれ結婚する。式に参列しなくてはならないから、ラスコもアパートに帰ってくる。

浩美　帰ってくるでしょうね。

三浦　婚礼の夜、ラスコはまたも鬱々と物思いにふける。「あの因業ばばあを殺したけど、まだまだ殺さなきゃいけない金持ちは沢山いる。ああ、そいつらのせいで、妹がこんなことになってしまって……」。そして、酒に酔った勢いで、「そうだ、あのときのソーニャとかいう娘、ちょっとかわいかったぞ。また買いにいこうか」といった流れで再会する。

篤弘　そうかも。いずれにしても、ソーニャが「ラスコが犯人だ」と気づいたあとに、もう一度彼と会うシーンが――、

三浦　あるはずですよね。

篤弘　そこが物語の――、

三浦　山場です。

篤弘　で、そのときソーニャは、ラスコを受け入れるわけですよね。

三浦　でも、ラスコはソーニャに、「やっぱり金持ちは殺んなきゃダメなんだ！」とか言うんですよ。ソーニャは、「あなたがしたことは、絶対にいけないことよ」と諭して、二人で八十ページくらい対話する。

篤弘　八十ページ（笑）。

三浦　それぐらい対話しなきゃ、もうこのページ数は埋めようがないじゃん。「じゃん」て、私だんだん投げやりっぽくなってきましたけど。

浩美　そういえば、急に思い出したけど、映画でも観なかったっけ、『罪と罰』。

篤弘　うん。ソクーロフ監督のね。

岸本　なんていうタイトル？

浩美　『静かなる一頁』――だったかな。

岸本　そんな重要なものを観ていながらの、いままでの推理（笑）。

篤弘　いや、あの映画だけでは、『罪と罰』がどういう話なのか、まったくわからなかった。読んだ人がディティールを楽しむ映画じゃないかな。

岸本　「普通、知ってるよね」的な。

浩美　というか、ラスコがソーニャに「俺が犯した罪は」みたいなことを延々とつぶやいていて――。

篤弘　だからやっぱり、もともと罪の意識は薄いんだけど、少しずつ芽生えてくるんじゃないですかね。それが全六部のどのぐらいで高まってくるのか――そこはやっぱりソーニャが鍵なのかな。

三浦　だと思うんですよ。

篤弘　もしかして、「愛」ってこと？　つまり、ソーニャを愛するあまり、まともな人間になりたい、みたいな？
岸本　いや、当然、愛でしょう。
三浦　「論理学のかわりに人生が到来し」てますからね。信心深いソーニャに影響されて、ラスコに感情が生まれる、といったところでしょう。
浩美　あのね、私が影絵で一番驚いたのは、この人、最後の最後のぎりぎりまで改心しないんですよ。
一同　ええっ？
岸本　「ばあさん、ごめん」、ないの？
浩美　ないない、ないのよ。
三浦　そうか、エピローグの最後のほうで、ようやく「人生が到来し」たんですものね。
篤弘　そこからやっと始まるわけだ。
岸本　ねえ、あのさ、影絵ではシベリアって出てきた？
浩美　出てきましたよ、最後に。二人でシベリアの大地に立ってた。
岸本　そうそう。なんか、ラストってそんな感じなんだよね。じつは、エピローグの最後のページのちょっと前も目に入っちゃったんだけど、そこは、ソーニャがラスコに面会に来た場面なのね。

三浦　わざわざシベリアまで？

岸本　そう。最初はちょっとお互いによそよそしくて、どうもソーニャは彼のことをずっと恐れていたんだけど、このとき初めて本当に心が通い合ったみたいなことが書いてあって、気づいたら、ラスコが彼女の膝にすがって泣いていた――っていう。

三浦　うーん、急に宝塚みたいな展開だ。

岸本　そう。「♪愛、それは」って状態。だから最後のページではソーニャもすごく興奮して、「愛！」みたいな感じで盛り上がってた。

三浦　それって本当に愛なのか……？　もしかしたら愛かもしれないけれど、本人たちはまだ気づいてない、とか。気づきかけたところで物語が終わる。

岸本　恋人同士ではなかったんだね。

三浦　「彼女のために改心しよう」という思いはあったとしても、エピローグでようやく芽生えたぐらいだということでしょうか。それまでは、あくまでも「買った女」であって――、そこまで心が通い合った感じはなかった。

岸本　そこまで心が通い合った感じはなかった。

浩美　でも、ラスコって本当にソーニャを買ったのかな？　影絵的にはそこのところが、どうもわからなかったんだけど――。

岸本　影絵はたぶん子供向けだから、そのあたりは、はっきり出さなかったんじゃない？

浩美　娼婦だってことは影絵でもはっきり言ってたけど、ラスコとの関係については、ぼかしてたと思う。

篤弘　これって、こういう改心っていうか、罪の意識に到達する話を最初から書こうと思ってたのかな？　まさか、最後にアリバイのように付け足したってことはないよね。

岸本　最後の場面を書いて、「あ、この小説、やっぱり『罪と罰』っていうタイトルにしちゃおうかな」ってこと？

三浦　連載中は、『革命戦士ラスコの冒険』みたいなタイトルだったとか。

篤弘　なんとなく、そういうピカレスクものの印象があるよね。

岸本　あるいは、『老婆殺人事件』とか。

三浦　それが『罪と罰』に改題されたんじゃ、連載時からの愛読者はたまげたでしょうね。

岸本　「なんとか報知」の読者ね。だってもしもですよ、「スポーツ報知」で『老婆殺人事件』って載ってたら――、

三浦　巨人軍の情報と併せて愛読してきた人たちは、本屋さんで単行本が並んでいるのを見て、「おいおい、『罪と罰』たぁ、またずいぶん大きく出たね」って思いますよ。

岸本　「俺、気がつかなかったよ。同じ話ってさぁ」

三浦　「六カ月ぐらい、余裕で気づかなかったなぁ」

篤弘　『罪と罰』って、「読んだことある」って言ってる人も、じつは上巻だけで挫折したりしていて、ピカレスクっぽいところしか読んでなかったりするのかもね。だから、最後の改心の部分が本当にちょっとしか書いていないっていうのが、結構ショックだった。

三浦　途中までしか読んでない読者が、「革命だ！　悪い金持ち殺すべぇ」と蜂起しかねないですよね。

岸本　「老婆死すべし」みたいに読まれちゃったってことね。

篤弘　金持ちなんか殺してもいい、と。

三浦　だけど、ドストは確実にそう思って書いてますよ。たぶん。

篤弘　ただ、それが第四部、第五部あたりでソーニャの純粋さに動かされるんじゃないかと思ってたんだけど、最後のぎりぎりまで改心しないとは。

三浦　朗読していただいた部分には、いまのところソーニャがまったく出てきてないですよね。

篤弘　ソーニャを読みたいよね。

三浦　私たちのいままでの推理では、第二部あたりで会っていなければおかしいんですが。ここで、これまでわれわれが推理した『罪と罰』の展開を振り返ってみましょうか。

岸本　第一部は「殺害編」？

三浦　はい。うだうだしているニート暮らしも描写されます。

岸本　「ニート&殺害編」ね。で、第二部は？

三浦　第二部はソーニャとの「邂逅編」。

岸本　第三部は「帰郷編」。

三浦　第四部は妹の結婚を契機に式にも出席せにゃいかんですから、ラスコがサンペテへ戻ってくる。

岸本　「サンペテ編」ね。

三浦　同時に第四部は、ソーニャとの「再会編」でもある。

篤弘　だから、第五部あたりはソーニャとの会話に終始してるんじゃないかな。八十ページにわたる対話はここか。

三浦　いや、もしかすると第四部の後半で、「妹も貧乏のせいでかわいそうなことになっちゃったしさ」みたいなことをラスコが言い出し、ソーニャはソーニャで、「あたし、じつはあなたのしたこと知ってるのよ」と打ち明けるのかもしれません。それで八十ページにわたって対話、というのはどうでしょう。もちろん、第五部を丸々二人の対話に費やしてもいいんですが、そうすると、あまりにも事件がなさすぎます。

岸本　妹の結婚は？

三浦　それは第四部で、結婚式と対話が一段落したところが第五部の頭です。……いや、待てよ。やっぱり第五部に、ソーニャとの再会と対話を持ってきたほうがいいかもしれない。

篤弘　たしかに、構成的にも第五部というのが重要そうだよね。

三浦　はい。いずれにしても、ページ数のわりに事件というかエピソードが少ないですね。私たちがまだ知らない本筋が別にあるんじゃないでしょうか。「ラスコの父をたずねて三千里」とか。

岸本　じゃあ、第四部は「妹結婚編」かな。ラスコはサンペテに戻って、妹は結婚。新興成金との豪華な結婚式、そしてさまざまな踊り。

三浦　なるほど、そういう方向でページを水増し作戦ですね。盛り上がる曲芸。ロシアといえば、バレエにサーカス。

岸本　描写に十ページくらい。

浩美　それ読みたい（笑）。

三浦　カーニバル的なあれこれ。そこに新郎が昔つきあってた娼婦までもが乱入し、「あたいを捨てて、こんな田舎娘と結婚かい」。あまりの剣幕に逃げ出す新郎、サーカスの象、ライオン。

岸本　混乱に乗じてコサックの乱。

三浦　なんやかんやで一週間ほど繰り広げられる宴――。

ずっとサンペテですよ、この話。

篤弘　じゃあ、このあたりで、一度、第三部を検討してみましょうか。第三部は、何ページから何ページまでですか。

三浦　――四〇五ページから五八五ページまでです。

篤弘　真ん中あたりがいいと思います。

三浦　冒頭じゃなくてね。

篤弘　冒頭はたぶん、お母さんがラスコを看病して、ジャガイモのスープを作ってあげているところですよ。

岸本　じゃあ、ど真ん中行く？

篤弘　五〇〇ページぐらい？

岸本　篤弘さん、誕生日いつだったっけ。

篤弘　五月四日。

岸本　じゃあ、五〇四。

篤弘　そんなんでいいの？

三浦　なあに、この方式でわりとうまくいっちゃうはずですよ。

〔第三部の真ん中あたり〔改上ｐ５０４〕、朗読〕

むように答えた。

「わたしたちはいまでてきて、ほんとによかったよ」とプリヘーリヤ・アレクサンドロヴナは、あわてて話をもどした。「あの子はどこかへ急ぎの用事があるらしかったからねえ。すこし歩いて、冷たい風にあたればいいんだよ……あの部屋はまるで蒸し風呂みたいだよ……だけどここは、どこへ行ったらおいしい空気が吸えるんだろう？　通りだって、まるで引き窓のない部屋の中みたいだよ。やれやれ、なんて町だろう！……おや、そっちへおより、おしつぶされるよ、何か運んでくる！　おや、ピアノだよ、まあまあ……あっちこっちへぶっつけて……あの娘のこともわたしは心配でならないんだよ……」

「どの娘、お母さん？」

「ほらあの、ソーフィヤ・セミョーノヴナとかいう、いましがた見えた……」

「何が心配なの？」

「わたしは予感がするんだよ、ドゥーニャ。まあ、おまえはどう思うかしらないけど、あの娘が入ってくるとすぐに、わたしはぴんときたんだよ、ここにこそ本当の原因があるって……」

「そんなものぜんぜんありゃしないわ！」とドゥーニャはむっとして大きな声をだし

岸本　ん？
浩美　なんか、すごい重要なところを読んでない？
岸本　ハズレかと思ったんだけど（笑）。
三浦　もしかして、ソーフィヤってソーニャのことかな。
浩美　うん、ソーニャのことだと思う。
岸本　ドゥーニャはラスコの妹で、プリヘーリヤというのはお母さんだよね？
浩美　そう。そして、ソーニャが何かの「原因」になってる、とお母さんが指摘してるんでしょう。
岸本　待って、でもさ……。
三浦　これって、どこなの？
岸本　そう、そうなのよ。
篤弘　「なんて町だろう！」って言ってるよ、お母さんは。
岸本　ここは実家なのかな。でも、ソーニャもいるということは、サンペテ？
三浦　蒸し暑いって言ってますよね。

篤弘　ラスコの故郷に、ソーニャがいるわけないよね？　あ、お母さんと妹は、結婚式のために故郷から出てきたんだっけ。

三浦　じゃあ、やっぱりここはサンペテなんだ。

岸本　「上京編」？

三浦　なんと第三部は、「帰郷編」じゃなく「サンペテ上京編」でした。

岸本　田舎から出てきて、都会は空気が悪いねぇ、みたいなことを言ってるわけね。

三浦　あの子はどこかへ頭を冷やしにいっている――なんてことも言ってましたよね。これはたぶんラスコのことでしょう。ラスコの下宿の部屋は蒸し風呂みたい、それに、この町全体に引き窓がないみたいだよ――ってお母さんが言って、そしてソーニャのことも話してる。

浩美　ソーニャがラスコの部屋にやってきた――のかな。

三浦　たぶん、そうでしょう。

篤弘　ラスコの部屋にソーニャが来て、そこでラスコの母や妹と鉢合わせした。第三部では、もうそんなことになってるんだな。

三浦　お母さんはソーニャが現れた瞬間、「あ、この子が原因だ」と思ったもようです。

岸本　なんの「原因」？

浩美　そこがわからないね。

篤弘　ラスコが頭冷やしてこなきゃならない状況っていうのが重要っぽくない？
岸本　この直前の場面で、ラスコがカッとなって、ガーッとまくし立てるようなことがあったんじゃない？
浩美　そもそも、このお母さんと妹はなんで下宿に来たのかね？
三浦　それは病気だからですよ、ラスコが。
篤弘　ああ、看病に来たわけか。
三浦　第二部の最後で、ラスコの体調が悪かったじゃないですか。私たちはあの場面を、幼なじみのラズミーヒンがラスコのことを気にかけて、故郷の田舎町まで連れていってあげたんだろうと思ってました。でも、じつはそうじゃなくて、「ラスコが病気だから、来たほうがいい」と、ラズミーヒンがお母さんと妹に連絡したのではないでしょうか。
岸本　電報か何かでね。相当ヤバかったんだ。
三浦　それで急いでやってきて――。
篤弘　サンペテにね。
三浦　母と妹は、ラスコの下宿の部屋に駆けつけたんだけど、そこには誰もいなかった。あら、と思っていたら、ラスコは病院に行っていたらしく、そのうち、ラズミーヒンが付き添って戻ってきた。

岸本　なるほど。

三浦　「ああ、帰ってきた」「ラスコ、大丈夫なの？」という場面だったんですよ、第二部の最後は。

浩美　それで抱きしめられてフラフラッとなって、ラスコは倒れちゃった。

三浦　そして、ラズミーヒンが「ああ、大丈夫です。大丈夫です。たったいま医者が」と説明したわけ。

岸本　てことは、やっぱりラスコって故郷に帰ってなかったんだ。

三浦　そう、ずっとサンペテですよ、この話。たぶん、エピローグでシベリアが出てくるまで舞台は変わらないんです。

浩美　この場面で気になったのは、お母さんが「あの女に原因がある」って言ったら、ドゥーニャが、「そんなことないわ」と反発してるところ。ドゥーニャって、お母さんよりも、ソーニャとラスコについて詳しく知ってるんじゃない？

篤弘　ラズミーヒンはドゥーニャに好意を抱いているんじゃないかな。それでドゥーニャにだけ、ソーニャとラスコの関係を話したってことは考えられる。

三浦　サンペテにソーニャという女がいる――と。

篤弘　いずれにしても、第三部ではもう、ソーニャとラスコは知り合っていて、それなりにつきあいがある。なにしろ、部屋にまで来てるわけだし。

浩美　どうやって親密になったかということね。
篤弘　そういえば、マルメラードフだっけ？
浩美　ソーニャの父親。
岸本　飲んだくれのね。
篤弘　ここまでのわれわれの推理では、犯行後のラスコが気持ちが昂ぶってサンペテの吉原に乗りこんで出会ったのがソーニャだった、という説なんだけど、二人が出会ったのは、むしろ父親からのつながりだったんじゃないかな？　つまり、娼婦として出会ったんじゃなく――。
三浦　ソーニャが娼婦だってことを、ラスコは最初、知らないってことですね。
浩美　それ、鋭いかも。
岸本　ラスコは客じゃなかったってこと？
三浦　最初は娼婦だとは知らなくて、酒場で知り合ったマルメラードフの娘を、好ましい子だなと思ってる。ところが、この第三部か第二部で、ソーニャの職業を知ってしまうんじゃないですか。ラスコはガビーンとなって、格差社会への怨念が改めて募る。
浩美　それで、上京したお母さんがショックを受けるくらい荒れてたわけね。
篤弘　そういうことか。
三浦　ついには人が変わったようになって、知恵熱まで出して倒れてしまった。その線でいまの場面を解釈すると、「あの娘が部屋に入ってきた瞬間、お母さんにはわかったよ。あの娘は娼婦だ、って！」です。

岸本　それだ。

三浦　しかしドゥーニャとしては、「まさか、あの人がそんなわけないでしょう。お兄さんはあの人のことを好きなんだし」ということじゃないですか。

浩美　ドゥーニャ的には「いい感じの人だったわ」と。

岸本　そのあたり、影絵ではどうだった？

浩美　影絵にはなかったと思うけど。なぜ、ラスコとソーニャが知り合うのかもたぶんなかった。でも、いまので合ってるんじゃない？

岸本　そうか。影絵的にはそこは重要じゃないんだ。

浩美　先にマルメラードフと知り合っていて、そのあと、娘のソーニャに会ったんじゃないかな。

三浦　マルメラードフ、マルメラード……覚えられないなあ。私、この人の名前を覚えられそうもないです。

岸本　マルメでどう？

三浦　いっそ、マメとか。

岸本　マメだ！　マメで覚えられる。

浩美　マメはソーニャの父だから、マメ父ね。

三浦　了解！　マメ父が先に——、

篤弘　ラスコと酒場で知り合った。

三浦　ラスコはそういう荒くれた場所に前から出入りしていて、場末の居酒屋みたいなところでマメ父と仲良くなった。で、マメ父を迎えにきたソーニャを見て、「あらっ、なんかちょっと好いたらしいおなごじゃのう」と思ったんじゃないですか。

岸本　そうすると、サンペテにおける売春宿っていうのは、吉原と違って、自由に出入りもできて——、

三浦　酔っぱらいのおやじを迎えにも行ける。

岸本　どうしてソーニャは娼婦になったのかね。

三浦　マメ父が飲んだくれて困窮し、他に売るものがないからですよ。仕方なく、若くてかわいいソーニャが自分を売ってるんです。

浩美　家族のためにね。

三浦　ということは、ラスコが老婆を殺した理由の中に、「ソーニャみたいな娘がこんな暮らしをしなきゃならんとは、どうなっているんだ、この世の中は」って思いもあったのかもしれません。つまり、ソーニャとはかなり前に会っていて、娼婦だということも知っていた可能性

もあります。

篤弘　そういうお話でもいいよね。

岸本　どっちが面白いかなあ。しをんさんだったら、どっちにする？

三浦　うーん、読者の共感を呼ぶためには、たぶん、いま言ったほうですね。

岸本　もとからソーニャを知っていた説ね。

三浦　ラスコはかなり早い段階でソーニャのことを知っていて、好いたらしく思っている。殺人の動機は、革命資金を奪うためでもあるけれど、こんないい娘が大変な目に遭って、あの因業ばばあどもはウォッカとか飲んでデブデブしてる。それが許せないからでもある。そのほうが読者は共感できるんじゃないですか。

篤弘　それにしても、結構重要なページだったね。サンペテから動かないってことがわかっただけでも収穫だったし、ソーニャもようやく名前が出てきたし。

浩美　ホントに。

岸本　よかったねぇ。

篤弘　僕の誕生日のページ（笑）。

三浦　篤弘さん、この日に生まれてくれて、ありがとう！

岸本　このためにこの日に生まれてきたんだよ、きっと！

三浦　しかし、ソーニャとラスコがいつごろどんなふうに出会ったのかは、これより前の第二部を読まないとわからないわけか……。
篤弘　第一部の可能性もあるかも。
岸本　じゃあ、もっと戻る？
三浦　……いや、戻らなくていいと思います。とにかく、いま読んでいただいたところに至るまでのあいだで、ソーニャが娼婦だということをラスコは知った。それでいいんじゃないですか。
岸本　そうだね、それでいいや。あとは、さっきの「原因」というのがなんなのかわかるとすっきりするんだけど。
三浦　そうですね。「原因」はちゃんと知っておきたいですよね。
浩美　「原因」ってなんだっけ。
岸本　ほら、「あの娘が原因じゃないか」って、お母さんが言ってたやつ。
三浦　ラスコが荒れた理由とも関わってそうですし。
岸本　ラスコがカッとなったのはなぜなのか――。
三浦　やっぱり、そこで初めてソーニャが娼婦だと知ったのかな。うーん、わからん。どっちだろ。

なんか、畳みかけてたよ、ドスト。

篤弘　第三部って、この一ヵ所だけのヒントでいいですか？
三浦　もうちょっと見たほうがいい気がしますね。
篤弘　どのあたり行こう？
浩美　五十ページくらい戻って——。
岸本　ということは、四五〇ページかな。

（第三部の真ん中より少し前〔改上 p450〕、朗読）

ときあの子を思いとどまらせたのは、わたしの涙、わたしの哀願、わたしの病気、おそらく死んでしまうかもしれないほどのわたしの悲しみ、わたしたちの貧しさだと、お思いでしょう？　ちがいます、あの子はどんな障害でも平気で踏みこえて行ったはずです。でも、あの子は、ほんとにあの子は、わたしたちを愛していないのでしょうか？」

「彼はあのことについては一度も何もぼくに語りませんでした」とラズミーヒンは用心深く答えた。

「だがぼくは母親のザルニーツィナさんの口から、すこしばかり聞いていることがあります。もっともこのザルニーツィナさんにしても、もともと口数の多いほうではありませんが、でもぼくが聞いたのは、なんだか、すこし妙な気がしたんですが……」

「まあどういうことですの、あなたがお聞きになったのは？」と二人の婦人が同時に尋ねた。

「といって、べつにそう特別変ったことではありませんが。ぼくが聞いたのは、この結婚はもうすっかりきまっていて、ただ花嫁が死んだためにおじゃんになったんだが、この結婚には母親のザルニーツィナさんもひどく反対だったということだけですよ……それに、噂では、花嫁はあまりきれいでなかったとか、つまり、むしろみにくい

三浦　「むしろみにくい」でページが終わるなんて、気になるじゃないか！
浩美　もうちょっと続きを読んでほしい。
——では、おまけでもう少し読みます。

（おまけで続き〔改上　p451の途中まで〕を朗読）

ほうだったとか……それに病身で、そのうえ……偏屈で……しかしいいところもすこしはあったようです。きっとあったにちがいありません、でなきゃまったく理解できませんよ……持参金もぜんぜんなかったそうですし、もっとも彼はそんなものを当てにする男ではありませんが……だいたい

こういう問題は、はたからはなかなかわからないものですよ」

――補足しますと、会話の中に出てきたザルニーツィナさんとは、ラスコの大家さんです。手もとの「登場人物表」によれば、ラスコは大家さんの娘と婚約していたのですが、娘は病死する、とのことです。

篤弘　じゃあ、いまの場面って、その婚約のあとに起こったことを話してるのかな。

浩美　そんな感じだよね。

岸本　いまのって、何回か話者が変わってます？

三浦　最初はお母さんで、次にラズミーヒンが、「僕も全部知ってるわけじゃないんだけど」という感じで、ラスコのお母さんと妹に、婚約の顚末を説明してるようでしたよね。不細工な、持参金もない娘と結婚しようとしていたって。

浩美　この段階では、まだ娘は病死していないのかな。

――いえ、朗読した中に、「ただ花嫁が死んだためにおじゃんになった」とありました。

三浦　おじゃん。

篤弘　第三部で、もうそんなことになってるわけね、ラスコの境遇。

岸本　それってさ、家賃を滞納し始める前なの、あとなの？

篤弘　そこは重要だね。

三浦　すっごい不細工でいいところがなさそう、とラズミーヒンが言ってましたから、じつは大家が娘を持て余して、「滞納金を棒引きしてやる代わりに娘と結婚してくれ」みたいな申し出をしたのかもしれません。

岸本　でも、時間的に考えると、冒頭の場面のわりとすぐあとに「ばあさんズ」を殺すわけだよね。

三浦　第一部の終わりではもう殺ってました。

岸本　殺したてで、斧(おの)を返してたもんね。ということは、一番最初の橋の場面のときに、すでに不細工婚約者はこの世にいなかったってことか。

浩美　そこはわからないけど。

岸本　せっかく婚約したのに、借金をチャラにできなかったんだね、ラスコ。しかも、相変わらずそこに住んでいて、家賃滞納のままらしい。

篤弘　ラスコが大家の娘に愛情を持っていたのかどうかも問題だし。

浩美　好きとかではなかったんじゃない？

三浦　私もそう思いますね。ラスコは顔のいい女以外は女じゃないと思ってるぐらいの野郎ですよ。

岸本　許せん。

浩美　そもそも、ドストのこの書きっぷりが、ひどくない？　ひどいことを二回も重ねてラズミー

　　ヒンに言わせて。
三浦　「ブスは女じゃねえ」ぐらい思ってますよ、ドストも。
岸本　なんか、畳みかけてたよ、ドスト。
浩美　ちょっと、そこのところをもう一度読んでください。
（ラスコの亡き婚約者に対するラズミーヒン評〔改上　p450〜p451の途中まで〕を、再度朗読）
……それに、噂では、花嫁はあまりきれいでなかったとか、つまり、むしろみにくいほうだったとか……それに病身で、そのうえ……偏屈で……しかしいいところもすこしはあったようです。きっとあったにちがいありません、
三浦　ひどい。
岸本　ぼろくそだな。
浩美　やっぱり、愛情があったとは思えない感じがする。
三浦　仕方なく婚約してたから、死んでくれてラッキー！　と言いそうですよ、ラスコは。
篤弘　もし、家賃を滞納していなければ、お金がなくて住むところもないわけだし、「じゃあ、う

ちのお母さんがやってるアパートに住む？」みたいなことも想像できるけれど、滞納して払えず婚約っていうと——。

浩美　政略結婚？

篤弘　娘とつながっちゃえば踏み倒せると考えたのかも。

浩美　なんか、超ワルじゃない？　ラスコって。

岸本　あるいはやっぱり、不細工で性格も悪くて持参金もない娘を大家が持て余して、なんかちょっといい男が下宿に入ってきたからくっつけちゃえ、みたいな、そんな感じもあるよね。

三浦　私、まずそっちかと思った。

浩美　そっちか（笑）。

篤弘　どっちがワルなんだ（笑）。

岸本　どっちもワルよのう。

三浦　よしんば、大家がくっつけちゃおうと思っていたとしても、それを呑んだ時点でラスコはやっぱり欲得ずくです。

篤弘　なんか、「家賃はもういいから、うちの娘をもらってくれないかい」っていう大家のセリフがいまにも聞こえてきそうだな。

浩美　ラスコって、冒頭、すごい空腹だったし。

岸本　空腹だし、服はぼろいし。

篤弘　その婚約話が持ち上がったとき、娘はもう病気だったのかね。

三浦　もともと身体が弱かったんじゃないでしょうか。

岸本　でもさ、もし結婚する予定があったのなら、そんなに大家にびくつくこともないよね。

三浦　物語の冒頭でラスコがびくびくしているってことは、やっぱりその時点で、大家の娘は亡くなってたのかな。あるいは……、第一部の途中で大家の娘と婚約するも、彼女はすぐに死んでしまう。それで、もうほんとに家賃も払えず、追いつめられた。不細工と結婚せずにすんでホッとしたけど、「金銭的にまずいぜ俺」となって、さらには革命もしなくちゃならない。そこであわてて、第一部の終わりごろに因業ばばあを殺した――違うかな？

岸本　辻褄はそれで合うよね。

三浦　え、辻褄、合ってましたか？（笑）

篤弘　でもさ、殺されるのは大家じゃなくて金貸しなんでしょう？

浩美　そうです。金貸し。

篤弘　ラスコとしては、金に困ってなのか、格差で因業ばあさんが憎いと思ってなのか――。

岸本　憎い、とは思ってるよね。

篤弘　でも、やっぱりお金なのかなぁ。まず家賃が払えない。滞納してるから大家に毎日なじられて追いつめられてる。他にも借金取りに追われたりして、いよいよ金貸しを殺して金を奪った。で、そのあとに大家が、「娘と結婚しない？　そしたら滞納の家賃はチャラにしてあげる」と言ってきた。そういう皮肉めいた悲劇なんじゃない？

三浦　なんと非情な展開を思いつくんだ、ドスト！　ていうか篤弘さん！「だったら俺、殺す必要なかったやんけ！」

岸本　「もっと早く言ってよ！」

三浦　目的はもちろんお金だと思うんですけど——。金貸しのばあさんを殺して、ラスコは予定どおりにお金を取ってきたんでしたかね。

岸本　取ったんじゃなかったっけ。

三浦　そうか。どの程度の額なのかとか、あんまりよく考えてなかった。なんか、革命も志さなきゃいけないし、みたいなことを言ってましたよね。

篤弘　お金のためにやっているわけじゃない、みたいな。

浩美　思想があるんですよ、ラスコは。

三浦　その思想自体、ラスコの言い訳だとは思うんですが。格差がむかつくとか貧乏が辛(つら)いとは思ってるけど、一番の動機は当座の金じゃないでしょうか。だけど、たとえば何か事情があって、ろくに金を取れなかったのかも。つまり、殺し損だったんじゃないですかね。

篤弘　見つかっちゃったわけでしょう、たぶん。
浩美　そう。それでもう一人――。
三浦　予定外に殺すことになって、ほとんど取るものも取らず逃げてきたのかもしれない。
岸本　徹底的に駄目なヤツだよね。
篤弘　たぶん、何かしらうまくいってないんじゃないかなあ。もし、ラスコが計画どおり殺人を行ってお金もしっかり取って、となると、ラスコ自身にはなんら悲劇的なことは起きていないわけでしょ。そんな話に読者はついていかないよね。だから、ぜんぜんラスコの思惑どおりにはならない――そこに惹かれて、読んでいくんじゃない？　それとも、この小説って、ラスコのしてやったり、俺はすごい！　の連続なのかな。
三浦　いや、「俺はすごい！」系の話ではないと思いますね。つまり、ラスコを殺しへと駆り立てるのが、革命思想だけでは弱い気がするんです。だから、殺人に至るまでのあいだも主人公の状況を上げたり下げたりして、思惑どおりに運ばない、という追いつめ展開にするはずですよ。
岸本　冒頭で、ラスコは何か「計画」を胸に秘めていたでしょ。あれって、単純に殺人のことなのかね。
三浦　どうなんでしょう。革命かな、と私は思ったんですが……。ラスコは格差社会をおかしいと思ってるし、なんで俺が貧乏なんだ、世の中おかしくないか、と思ってる。革命の機運が水面下で高まっている時代だし、そうした動きにラスコは足を突っこんでいて、ちょっとアカなのではないかと。革命という大それた野望を胸に秘めていて、とりあえず当面の金が欲しい――。

篤弘　お金なのか、社会へのメッセージなのか。

三浦　両方だと思います。

篤弘　やっぱり、お金は欲しいんだ。

三浦　欲しいでしょう。物語の冒頭からいきなり、「金がない」ってさんざんぼやいてましたから。

岸本　腹は減るわ、帽子に穴はあいているわ。

浩美　家賃は払えないわ。

岸本　だけど、こういうヤツって、金取っても、それをまたすぐ博打（ばくち）に注（つ）ぎこむよね。

三浦　パッと使いますね、絶対。

岸本　うん。そういう悪い金って、絶対身につかないもん。それで、悪所に行ったんじゃないかっていう推理になったわけだし。

浩美　そうそう。

岸本　ラスコってすごくハンサムなわけでしょう。

三浦　つい忘れがちなんですけどね。
岸本　なんかね、やっぱり「色男、金と力はなかりけり」じゃないかな。顔以外、全部駄目な男だと思うんですよ、ラスコって。「顔だけ男」で、友だちもいない。
三浦　サイテーなヤツだな……。そして恨みがあるわけでもない人を、「こいつらのせいで世の中が悪い」と決めつけて命を奪う。
篤弘　あともうひとつ。なぜ、ドストは二人殺す設定にしたのか。第一の殺人は予定どおりとして、思いがけない第二の殺人が、ラスコを六部にわたって悩ませるわけでしょう、たぶん。
浩美　でも、ラスコって、すべて自分が正しいと思ってるんじゃない？
篤弘　正しいと思っていたんだけど、ついでに犯した第二の殺人が重荷になってくる——。
三浦　はい。ただ、浩美さんがおっしゃるように、ラスコが悩む理由は、予期せぬ殺人を犯したからではなく、二人目の被害者がソーニャの知り合いだったからではないか、という疑念はぬぐえません。あくまでも殺人自体は反省しない男、ラスコ。
浩美　ラスコはソーニャと親しく話すようになって、あの二人目の女がソーニャの知り合いだったと知るんじゃない？　それって物語の後半かな。
三浦　後半な気がしますね。
篤弘　ひょっとして、後半にはソーニャ側の視点もある？

三浦　うーん、どうでしょうか。三人称ではあるけれど、基本的にラスコの視点が中心じゃないですか？　そのうえで、次々といろんな人物が登場し、「えっ、マメ父はソーニャのお父さんなのか！」「ソーニャと『ばあさんズ』の片方とは友だちだった!?」といった具合に、壮絶な偶然展開が連続する。でも、それってラスコの視点で読んでるから驚けるんですよ。

篤弘　なるほど、そうか。

岸本　ドストはどのへんまで設計図を引いていたのかってことだよね。「あっ、この人とこの人は知り合いだったことにしちゃえ」って筆の勢いで書いていたり（笑）。だって、新聞の連載でしょう？

三浦　しかも、一回書いたのを捨ててる。

岸本　焼いちゃってる。なのに、すごい速さで完成させてる。

篤弘　ドスト自身もお金が必要だったんでしょうね。

——S・V・ベローフの『『罪と罰』注解』によりますと、ドイツのカジノのルーレットで、たった五日間のうちに有り金全部すってしまったようです。

岸本　あちゃー。

——金がまるっきりないので、滞在していたホテルでは、ご飯も出てこない、洗濯も部屋の清掃もしてくれない状態だったそうです。空腹のあまりお茶を頼んだら、ものすごくまずいのを出されて我慢して飲んだ、というドスト本人の手紙が残っています。

三浦　やっぱり、ラスコはドストの分身なんですよ。

岸本　ドスコ？

三浦　ドスコ（笑）。そう、これはドスコの物語なんです。

岸本　やけにリアルだもんね。

「登場人物表」を眺める。

篤弘　それにしても、未知の人物がまだまだいそうだよね。

――では、ここで「登場人物表」を見てみましょうか。

（一同に、『罪と罰』登場人物表」が配布される）

篤弘　え？　こんなにいるの？　しかも名前がやたらに長い。

三浦　「ロージャ」はラスコのあだ名でいいんですね。

――ラスコの本名は、ロジオン・ロマーヌイチ・ラスコーリニコフです。

三浦　ちょっとかっこいい名前だ。

浩美　じゃあ、ラズミーヒンは？

三浦　どうかな、馬かな？

――「ドミートリイ・プロコーフィチ・ウラズミーヒン　ラスコーリニコフの唯一の友だち」。

岸本　当たりだ。

――「頑健で長身瘦軀（そうく）の誠実な青年、ドゥーニャに好意を抱く」。

一同　やっぱりね（笑）。

三浦　ドストの発想も大したもんではないですな、ふふ。

岸本　近間でくっつき過ぎじゃない？

篤弘　でも、ドゥーニャは違う男と婚約するんだね？

三浦　ドゥーニャとデートをしたリンゴの木が生えた丘で、ラズミーヒンは涙にくれるのでしょう。

岸本　幹になんか彫ったりしてね。

三浦　妹の嫁入り話で、ラスコはますます「金持ち死すべし」化が進むに違いないですよ。

岸本　そして再び斧を取る。

三浦　うん、もう取らせちゃいましょう。

岸本　ドストはたぶん、そっちを書きたかったんだけど、ヤバくて焼いてしまった（笑）。そっちは「ロシア版津山三十人殺し」みたいなことになっていたのかも。

篤弘　なんとなく、そんなムードありますよね。

岸本　斧だし。

篤弘　焼いた初稿というのを読みたいなあ。そっちが真実だよ。

三浦　おや、マメ父にも立派な名前がついてるようですよ。

——セミョーン・ザハールイチ・マルメラードフです。

三浦　こんなに長いフルネームをいちいち小説に出すなんて、ドストは律儀な人ですね。

——「貧乏な元役人。ソーニャの父。生来の浮浪癖と酒癖が祟り、職を失して、愛娘のソーニャを売春婦に貶めてしまう」。

篤弘　しをんさんの推理どおりだ。

三浦　ロシアには役人しかおらんのか？

——ちなみに、イリヤ・ペトローヴィチの項には、「癇癪持ちの警察官」以外、記述がありません。

岸本　「癇癪持ち」のみ……。

三浦　あんなに全力で考えたのに、やっぱり捨てキャラだったか……。

浩美　この人がラスコを追いかけてる人じゃないかなあ。他に追ってる人っています？

——未登場の予審判事がいます。あ、ここに超大事なことが書いてありました。

篤弘　聞いていいの？

――「肥満体」と書いてあります。

三浦　うおーっ。

岸本　でも、たいていのロシア人は太っている可能性があるし（笑）。じつは登場人物全員デブとかかもよ。

三浦　たしかに、ラズミーヒンはわざわざ「長身痩軀」なんて記してありますもんね。

岸本　ここにあえて書いてない人は、基本的にデブ。

三浦　「ソーニャ＝デブ説」再び。それはともかく、殺人現場での階段の足音が、予審判事だったのかどうかという問題が出てきました。そうか、予審判事とやらが金を借りにきた可能性もあるんだ。

篤弘　体制側の人間が、案外、そういう因業ばあさんの闇金みたいなものに手を出していたり――。

三浦　犯行を偶然目撃してしまった予審判事を、「こんなところで金借りやがって」と、逆にラスコが脅すとか？

篤弘　ただ、第二部ではもう病人になってヘタってますから、ラスコ。

三浦　たしかに、だいぶ弱ってましたね。駆け引きなんかしてる場合じゃないか。

岸本　ていうか、そもそも冒頭でもうフラフラだから。「ご飯三日も食べてません」みたいな状態で。だから、ラスコは常にひもじくて、頭が朦朧（もうろう）としてて、身体もへろへろなのよ。

三浦　ラスコめ。そんな状態で殺人なんかするから、面倒なことになるんだ。

篤弘　どうも、ドストはラスコに対して同情的だよね。

岸本　司直のことは大嫌いでしょう。死刑判決を受けたことがあるわけだし。

篤弘　結局、反体制的な思いを書きたかったのが本音なのかなあ。

三浦　「初稿＝金持ち皆殺し展開説」の信憑性（しんぴょう）が高まりますね。

岸本　サンペテ三十人殺し。

浩美　韻を踏んでる！

岸本　サン・サンで完璧に決まってる！

三浦　ちょっとお二人さん、落ち着いてください。ロシア語の発音だと、どうだかわかりませんわよ。

篤弘　そりゃそうだ。

みんな知り合いなのよ、この小説！

篤弘　第三部は二カ所読んでもらいましたが、もう少し読んでもらいますか？

三浦　はい、せっかくですから。

篤弘　読んでもらうなら、先へ進みます？
岸本　そうね、最後のほうがいろいろありそうだし。
篤弘　じゃあ、そうしましょうか。第三部の最後を読んでください。
　——わかりました。今回、最後のページはたっぷりあります。

〔第三部のラスト〔改上 p585〕、朗読〕

てそこでまた一分ほどじっと立っていた、——そのあいだ一度も彼から目をはなさなかった。それからしずかに、音もなく、ソファのそばの椅子(いす)に腰をおろした。帽子をわきの床へおき、両手でステッキにもたれて、そこへ顎(あご)をのせた。その様子では、男はいつまでも待つつもりらしかった。ひくひくふるえる睫毛(まつげ)ごしにうかがい得たかぎりでは、男はもうかなりの年齢(とし)で、がっしりした身体つきで、ほとんど真っ白といっていいほどの明るい色のあごひげをふさふさと生やしていた……

　十分ほどすぎた。まだ明るかったが、もう日が暮れかけていた。部屋の中はひっそりとしずまりかえっていた。階段のほうからさえもの音ひとつ聞えてこなかった。大きな蠅が一匹、とびまわってはガラスにつきあたり、ジージー鳴きながらもがいているだけだった。とうとう、こうしているのが堪えきれなくなった。ラスコーリニコフはいきなり身を起して、ソファの上に坐った。

「さあ、言ってください、何用です？」

「あなたがねむっているんじゃなく、寝た振りをしているだけだということは、さっきからわかっていましたよ」と見知らぬ男はゆったりと笑って、妙な返事をした。「アルカージイ・イワーノヴィチ・スヴィドリガイロフです、よろしく」

浩美　アルカージイ・イワーノヴィチ・スヴィドリガイロフ？

三浦　とうとう予審判事の登場かな？

――いえ、予審判事の名は、ポルフィーリイ・ペトローヴィチというのです。このスヴィドリガイロフは、河出書房版『世界文学全集10』の登場人物紹介では、「副主人公」とあります。

一同　えええーっ!?

三浦　第三部の一番終わりに登場しているのに、副主人公？

――ちなみに、「登場人物表」のスヴィドリガイロフの説明を一部読み上げますと、「マルメラードフの遺児を孤児院に入れ、ソーニャと自身の婚約者へは金銭を与えている。妻のマルファ・ペトローヴナは三千ルーブルの財産を遺して他界」となっています。

三浦　「マルメラードフの遺児」ってのは誰のことだ？

篤弘　それがまたわかんないよね。

岸本　ソーニャの他にも、まだ子供がいるってこと？　ママ父でしょ、これ。

浩美　マメ父の遺児っていうのが別にいるんじゃない？
三浦　じゃあ、ソーニャにはきょうだいがいるってことだ。
篤弘　その子たちを孤児院に入れようとしてる？
三浦　だとすると、このスヴィドリなんとかって、ちょっといい人っぽくないですか？
浩美　「自身の婚約者へは金銭を与えている」。
岸本　婚約者って誰だろう？
三浦　妻が他界してるから、若い嫁さんでももらう気なのかも。でも、登場シーンの感じだと老人っぽかったですよね。
浩美　真っ白なひげをたくわえて――。
岸本　じゃあ、ソーニャのお父さん代わりみたいな感じ？
浩美　待って。「人物表」に、「ドゥーニャを家庭教師として雇っていた家の主人」って書いてある。ドゥーニャはラスコの妹でしょう？
三浦　だからもう、みんな知り合いなのよ、この小説！
岸本　ん？　マメ父って……そうか、遺児ってことは、彼、死んだね。
浩美　そう。影絵的にもそうでした。
三浦　たぶん死因は酒ですね。

岸本　ソーニャの弟や妹って、かなりちっちゃい子だよね。
三浦　その子たちもいるから、ソーニャは身体を売っていたんでしょうね。
篤弘　「人物表」を見る限り、結構みんな死ぬんだね。あと、ラスコの説明に、「学費滞納のために大学から除籍され」って書いてある。
三浦　ヤツはあらゆる支払いを滞納してるんだな。
岸本　学生じゃないんだ。
三浦　学生ですらなかった。
篤弘　仕事がないのかな？　そこがわからないんだよな。
浩美　いや、なんかあえて働かない感じがする。
岸本　そう、プライドが高くて。
篤弘　自分の意志で働かないのか、仕事がなくて働けないのか。
浩美　なんとなく、自分の意志で働いてなさそう。
三浦　たまにやる気出して、ちょっとアルバイトしては、すぐやめちゃう。
岸本　やめるときに言うセリフは、「俺は革命家だから」。
三浦　「革命家たる者、こんなことをしている場合ではない！」
岸本　で、コンビニやめるんですよ。

浩美　でも、この場面って、スヴィドリなんとかが強請（ゆす）りにきてるみたいな感じだけど――。

三浦　スヴィドリなんとかには、奥さんの遺産が入ったようですから、お金はありそうですけどねえ。なんかちょっと不吉な印象ですよね。

岸本　あのさ、ぜんぜん関係ないんだけど、これってラスコの部屋なの？　さっきから気になってるんだけど、戸締まりとかどうなってるのかな。

篤弘　どんどん人が入ってくる感じだよね。

岸本　そうそう。不思議なのは、お母さんと妹もね――、

三浦　勝手に部屋の中に入ってラスコを待ってた。

浩美　この当時って、鍵とか閉めないんじゃない？

岸本　ドアがないとか？

浩美　というか、一軒家の下宿の一番上の部屋みたいなイメージじゃない？

岸本　ああ、家の中のひと部屋なのね。

三浦　大家さんに、「どうもこんにちは。ラスコ君いますか？」「上だよー」でみんな上がってきちゃう。

浩美　そんな感じだよね。

三浦　呼び鈴鳴らして大家さんが玄関あけたら、あとは「二階だよー」ってね。

岸本　なるほどね。

三浦　戸締まり問題はたぶんそういうことです。

篤弘　ちょっと待って。ていうことはさ、上巻の最後においてもラスコはこの下宿にいるわけだよね。となると、大家さんとの関係ってこの段階ではどうなってるんだろう。あ、それともしかして――、

岸本　別の下宿かもしれない。

三浦　なるほど、それもありうるか。

浩美　引っ越した？

（一同、「登場人物表」を眺める）

篤弘　しかし、この「人物表」、かなりいろんなことが書いてあるよね。いわゆるネタバレ的なことが――。

岸本　これ、いいのかなあ。これを読んでると、どんどんわかってきちゃうけど。

三浦　うん、もう見ないほうがいいですね。

篤弘　多少、リークしてもらうくらいでね――。

岸本　そう。必要なときに教えてもらえれば、それでいいですよ。

――わかりました、そうしましょう。

（ということで、「登場人物表」はここで回収）

篤弘　でも、とりあえずいま見ちゃったところでわかったんだけど、金貸しの老婆はしっかり金品を奪われてましたね。

岸本　それをパーッと使った説はどうだった？

篤弘　そこまではわからなかったけど、ラスコはたしかにお金を手に入れてますよ。

三浦　となると、やはり同じ下宿のままという可能性が高まりますね。ラスコは奪った金で家賃を払った。まあ、すぐにまた滞納すると思いますけど、大家としては、ひとまずツケがチャラになったんで、そのまま置いてあげている。そういうことじゃないですか。

浩美　それにしても、第三部ってすごくいいところで終わってるよね。謎の人物がやってきて――。

岸本　『SHERLOCK』方式だよね。もしかして、クリフハンガーもドストの発明だったりして。

篤弘　たしかに、この最後はニクいなあ。

浩美　うん、ニクい。ドキドキしてくる。

三浦　私、ようやく情景が浮かびましたよ。これまでのところは、指示代名詞が多すぎませんでしたか？　ドストめ、いけないぜ。

岸本　いや、こういう読み方だから、いけないんだと思う（笑）。

三浦　そりゃそうか。すまん、ドスト。――話は戻りますが、さっきの場面はやはり、スヴィドリ

篤弘　なんとかがラスコを脅しにきたということなんでしょうか。
三浦　「人物表」にそんなことが書いてあったよね。「告白を立ち聞き」と書いてあった。この「告白」ってつまり、ラスコの犯罪告白のことでしょう？
浩美　少なくとも、恋の告白ではなさそうですね。
三浦　そんなの聞かれたって別にどうってことないし――。
浩美　「若い人はお盛んじゃのう」と、からかわれるラスコ。
三浦　この、ちょっと思わせぶりな書き方は話を盛り上げるため？
岸本　連載小説だから、この段階ではドストも、「誰だこいつは。まあいい、以下次号！」と思いながら書いている可能性もありますね。
浩美　とりあえず、すごいキャラ出してみたよ、と（笑）。
篤弘　いやぁ、なんか面白いなぁ『罪と罰』。
岸本　じゃあ、このいかにも思わせぶりな第三部の終わりで休憩にしましょうか。
浩美　そうしましょう。もうへとへとです。
　　　お腹もすいてきたし！

読んだりして…

未読座談会・其の三

篤弘　では、続きは第四部からですね。どこを朗読していただきましょうか。

三浦　最初を読んでもらえば、第三部のラストに登場した謎（なぞ）の新キャラ、スヴィドリなんとかの正体が明らかになるはずですよね。

篤弘　でも、第四部の冒頭って、ちゃんと続きを書いてると思う？

岸本　え、この流れでいきなり別のシーンってあり？（笑）

三浦　さすがにそんなことはないと思いますけど……、ドストだからなぁ。

浩美　冒頭、読んでもらいましょうよ。

三浦　おそらく、「いったいなんの用ですか」ですよ。

岸本　それ、第三部の最後でラスコがすでに言ってなかったっけ？
三浦　あらま。
浩美　ラスコがたぬき寝入りから起き上がって――、
三浦　謎の訪問者は、いきなり自己紹介をしたのでした。
――「スヴィドリガイロフです、よろしく」。
三浦　おさらいをしましょう。「登場人物表」によると、スヴィドリガイロフ氏はドゥーニャを家庭教師として雇っていた。そのよしみで、ドゥーニャの兄であるラスコを訪ねてきたもようです。
篤弘　この人って、まだサンペテに出てきたばかりっぽいよね？　だけど、「副主人公」だって言ってませんでした？　ということは、これから大活躍するわけだ。
浩美　この人、影絵に出てきたかなあ。
岸本　十五分の要約では拾えないキャラだったりして。なのに、副主人公？
三浦　第三部のラストで登場の副主人公って、全体の分量から考えると、そうとう出が遅いですよ。やっぱり連載の途中で、「そろそろ新キャラ出しとくか」みたいな感じだったのかもしれない。ただ、なぜこのタイミングでラスコに挨拶（あいさつ）に来たのか――。
岸本　やっぱり、ドゥーニャがサンペテに出てきたから？

浩美　第三部でドゥーニャがラスコの下宿にいたわけだし、その流れからかな。
岸本　何か目的があって、ドゥーニャを追いかけて郷里を出てきたってことでしょう。
篤弘　ラスコの母と妹は、すぐには故郷に帰らないみたいだね。あるいは、ラスコの故郷って、それなりに遠くにあって、はるばるサンペテまで出てきている、という推理だったけど、本当のところはわからないわけで――。
三浦　「近所もしくは二駅説」もありますからね。
――第四部の冒頭は見出しで六行持っていかれているんですが。
篤弘　じゃあ、次のページまでちょっとサービスしてください。

〈第四部の冒頭〔改下　p5～p6の途中まで〕、朗読〉

《はて、これも夢のつづきだろうか？》ラスコーリニコフはまたふとそんな気がした。用心深く、怪しむような目で、彼はこの不意の客をじろじろ見まわした。

「スヴィドリガイロフ？　何をばかばかしい！　そんなはずがあるものか！」と彼は、とうとう、信じられぬ様子で声にだして言った。

客はこのはげしい言葉にすこしもおどろいた様子はなかった。

「二つの理由があってあなたをお訪ねしました。一つは、個人的にあなたとお近づきになりたいと思いましてな。もうまえまえから実に興味ある、しかもあなたに有利なお噂をいろいろとうかがっておりましたので。も一つは、あなたの妹さんのアヴドーチヤ・ロマーノヴナの身に直接関係のある一つの計画をもっているのですが、そのことでわたしにお力添えくださることを、おそらくおことわりになることはあるまい、とこう空だのみしましてな。わたし一人だけで、お口ききがなかったら、妹さんはおそらくわたしを庭へも通してくださらんだろう。それもある誤解がもとなんですがね。だが、あなたのお力添えがあれば、その反対に……とこう読んだわけですよ……」

「わるい読みですね」とラスコーリニコフはさえぎった。

「うかがいますが、あの方たちは昨日お着きになったばかりですね？」

ラスコーリニコフは答えなかった。

岸本　これって、ラスコの犯罪を黙っているのと引き換えに、ドゥーニャと会わせろっていう意味？　ドゥーニャ狙い？

三浦　ですね。ドゥーニャ狙いの強請りですよ。この「計画」とやらは、「彼女と結婚したい」というようなことじゃないですか。スヴィドリなんとかは、ドゥーニャのことを以前から家庭教師として知っていたはずです。なのに、こういう言い方をするのは、セクハラかなんかして、ドゥーニャに嫌われているからですよ。ラスコが口添えしてくれないと、自分は受け入れてもらえないって言ってるんでしょう。

岸本　そうか――。

浩美　そうよ、絶対。これは強請りに来たんですよ。

三浦　昨日、お母さんとドゥーニャがサンペテに着いたと聞いたんで――、

浩美　ラスコの部屋にやってきた。

三浦　ということはですよ、第三部を丸々かけて、たった一日しか経っていない？

岸本　そういうことになるよね。

浩美　「昨日」って言ってたから。

三浦　ちょっと待って。じゃあ『罪と罰』って、もしかして二週間ぐらいの話なんですか？

岸本　そうなのかも。

三浦　いやしかし、そうなると殺ってから自首するまでが予想外に短いけど――。わかった、井上雄彦先生の『ＳＬＡＭ ＤＵＮＫ』方式なんですよ、これ。

浩美　なるほどね、ひとつのエピソードを異様に長く描いてる。

三浦　てっきり『逃亡者』みたいに、何年も何年もラスコが逃げるのかと思ってたけど、違うんですね。

篤弘　てことは、そんなに短いあいだに次から次へと偶然が起きるわけだ（笑）。

三浦　目まぐるしいですよね。えっ、そうなるとマメ父は、ラスコの殺人から自首までの短期間に死んじゃうってこと？　ラスコとソーニャはそのあいだに深い仲になるわけ？

岸本　そのうえ、不細工な大家の娘まで――。

三浦　いや、たぶん大家の娘の死は、この物語が始まる前に、さっくりすんでるんじゃないですか。

岸本　じゃないと、二週間でこの死人の数は、ちょっと無理があるよね。

三浦　しかも、ラスコは病に倒れて回復までしてますから。そこへ、ドゥーニャにセクハラして嫌われたスヴィドリなんとかが、「サンペテに彼女たちが来たって聞いたから、俺も追ってきたぜ」と現れた。いま、そこですね。

浩美　いかにも、「ちょっと口利いてくれよ」みたいな感じだけど、これって「例のこと、知ってるんだぜ、俺は」ってことでしょう？

岸本　大ピンチじゃん、ラスコ。

三浦　要するに、「あんたが殺っちゃったってこと、俺は知ってるよ」と言いにきた。

篤弘　でも……うーん、そうなるとさ、ラスコがソーニャに殺人を告白したのが上巻のどこかってことになるよね。

三浦　そうなりますね。

篤弘　そこがちょっと、腑に落ちないんだよなあ。

浩美　いまのやりとりの感じだと、そうとしか思えないけど。
篤弘　普通、下巻まで引っぱると思うんだけどね。
三浦　私もそう思ってました。上巻で殺人の告白がすんじゃったら、下巻で延々何すればいいのってことになりますから。でも、こうなったからには、いよいよドゥーニャの結婚式について、つまり一週間は続くロシアの宴について、微に入り細を穿(うが)って描くほかありません。
岸本　コサック・ダンス踊ったりね。
三浦　ボリショイ・サーカスやらバレエの貴公子やらも登場。それぐらいしなきゃ、さすがのドストも、もう何もすることないでしょう。なにしろここまでが、相当濃密な展開ですからね。次から次へといろんな人が出てきて、いろんなことが起きている。
篤弘　まぁ、あくまでわれわれの推理なんだけどね（笑）。——いや、推理もいいんですけど、そろそろ、この先を読んでいただきましょうか。
三浦　じゃあ次は、第四部の真ん中あたり行きますか。
——第四部は一七七ページまであります。
篤弘　真ん中だと——九〇ページくらいかな。
三浦　岸本さん、語呂合わせをお願いします（と、厳(おごそ)かに依頼）。
岸本　くく……苦労？　クローかけるねぇ——で九六ページ。

浩美　それで行きましょう。

（第四部の真ん中あたり〔改下ｐ９６〕、朗読）

「やってみましたわ」

「そして挫折したというわけか！　まあ、それがあたりまえでしょうな！　聞くまでもないですよ！」

そしてまた彼は部屋の中を歩きまわりはじめた。また一分ほどすぎた。

「毎日収入があるわけじゃないんでしょう？」

ソーニャはまえよりもいっそうどぎまぎして、またさっと赤くなった。

「ええ」と彼女は身を切られるような思いで、やっと囁くように言った。

「ポーレチカも、きっと、同じような運命になるでしょう」と彼はだしぬけに言った。

「ちがいます！　ちがいます！　そんなことあってたまるもんですか、ちがいますとも！」とソーニャは、まるでナイフでぐさりとえぐられたように、悲鳴に近い声で、必死に叫んだ。「神さまが、神さまが、そんなおそろしいことを許しません！……」

「ほかの人には許してますよ」

「いいえ、ちがいます！　あの娘は神さまが守ってくださいます、神さまが！……」と彼女はわれを忘れて、くりかえした。
「だが、神なんてぜんぜん存在しないかもしれないよ」かえってひとの不幸を喜ぶような意地わるさで、ラスコーリニコフはこう答えると、にやりと笑って、彼女を見た。

三浦　ラスコとソーニャ！　ようやくこの二人が会話してますよ。
岸本　ソーニャなんて、ここまで名前しか出てこなかったもんね。
三浦　これ、二人だけの場面ですよね。それとも第三者がいますか？
——二人だけですね。
岸本　ということは、収入があるとかなんとか聞かれてるのは、ソーニャのほうかな。
篤弘　そうだね、ラスコがソーニャに聞いてる。
岸本　つまり、職業のことで探りを入れられて、ソーニャがどぎまぎしてる——。
三浦　あ、そういうこと？
岸本　いや、わからないけど。
浩美　ソーニャが娼婦だってことはもう知ってるんじゃないですか？
三浦　私も、ラスコが知っててネチネチ言っているのかなと思った。
岸本　あ、そうなの？

浩美　そうだよ、きっと。

岸本　性格悪いな！

浩美　でも、この言い方はたぶん知ってるよね。それに「立ち聞き」の件があるから、ラスコはソーニャに殺人の告白をしたあとじゃないかな。

篤弘　いや、そっちはまだ確証はないよ。でも、スヴィドリなんとかが、強請りっぽく来ている以上、何かしら裏があるんだろうね。

三浦　なぜ、「あの娘が原因だよ」ってラスコのお母さんが言ったのか、やっぱりそれが重要なのかも。

岸本　ソーニャについて、お母さんと妹の意見がわかれた場面だっけ。

浩美　そこのところを、もう一度読んでもらえますか。第三部の真ん中あたりだったと思います。

（第三部の真ん中あたり〔改上　ｐ５０４〕、該当部分を再度朗読）

「わたしは予感がするんだよ、ドゥーニャ。まあ、おまえはどう思うかしらないけど、あの娘が入ってくるとすぐに、わたしはぴんときたんだよ、ここにこそ本当の原因があるって……」

「そんなものぜんぜんありゃしないわ！」とドゥーニャはむっとして大きな声をだし

三浦　いまの発言を改めて吟味するとですね、すっかり人が変わってしまったラスコにお母さんは会ったわけです。そして、その原因は「ソーニャ」だと思い始めている。ではいったい、ソーニャの何がラスコの変化の「原因」なのか。ソーニャが娼婦だと知って、ラスコがやけのやんぱちで荒れていた説もありましたけど——。

岸本　それかな。

三浦　だとすると、第三部の半ばでラスコは事実を知ったのに、第四部も半ばになったタイミングで、ソーニャを問いつめてるってことになる。それはちょっと遅すぎる気がするんですよね。むしろ、先ほどのネチネチ会話の少し前ぐらいで、ラスコはようやくソーニャの生業を知り、「えっ、でもそんな仕事じゃ、毎日お金が入るわけじゃないよね」みたいに言っている、と考えたほうがしっくりきます。

浩美　知った直後なのかもね。すごくネチネチやってるし。ショックを受けた反動でこうなったんじゃない？

岸本　それにしても、ラスコって太てぇよね。自分は、ソーニャの友だち殺しておいて、それを棚に上げてのこの言いよう——。

三浦　しかも、殺しを告白した挙句ですよ。いや、ソーニャが娼婦だと、もとから知っていたとすれば、告白はしないかもしれません。「娼婦の仲間なんか殺して当然だ」ぐらい言いかねない。自分に都合のいいように理屈をこねて、この段階ではまだ口をつぐんでいるのかも。

浩美　なんか、そんな気もしてきた。

三浦　あるいは、ソーニャは娼婦だけどとっても純真できれいでいい娘だし、好きだと思っていたから、「そんな彼女の友だちを殺しちゃったんだ、ガビーン」となって、「俺が殺ったんだ。ごめんね」と――うーん、「ごめんね」は言わなかったかもしれないけど――「じつは俺が殺っちゃったんだ」とは、すでに言ったのかな。

篤弘　ソーニャへの謝罪をこめての告白ということね。

三浦　はい。いずれにせよ、われわれの推測どおり、宗教論争も始まってるみたいです。

岸本　神さまが許すとか許さないとか出てきたもんね。

篤弘　で、ラスコとソーニャは恋人みたいなことになるのかどうか、そもそも、そこが疑問なんだけど、しをんさん、どう思う？

三浦　私は当初、娼婦と客として、身体（からだ）の関係から始まるんだと思ってました。でも、それはどうも違う気がしてきましたね。「きれいな娘だな」と、ラスコがソーニャに好意を覚えていたのは、間違いないでしょうけれど。ソーニャとしても、ラスコは一応イケメンなので、そう思われて悪い気はしないんじゃないですか。

浩美　悪い気はしないよ。だから、私もちょっと恋愛感情はあるのかなって思ってた。

篤弘　お互い、「殺人者」「娼婦」とは知らずに魅(ひ)かれ合っているということ？

三浦　最初は知らなかったのかなと。

篤弘　だとすると、その秘密を相手にいつ言うのか、というスリルで物語を引っぱっていくのかもね。

浩美　じゃあ、ラスコが殺人を犯したことは上巻で告白しているとして、ソーニャが娼婦だと知ったのはいつごろ？　この場面の少し前？

三浦　いま想像している展開だと、そんな感じですよね。殺人の告白をしたと思われる第三部では、ラスコはソーニャの職業をまだ知らない。さっきも言いましたけど、ソーニャが娼婦だとわかっていたら、ラスコは告白しないような気がしますから。

篤弘　あと、ラスコはソーニャに告白するとき、「君の友だちを殺しちゃったよ」と言うのか、それとも単に、「自分は人殺しをした」と言うのか――。

三浦　そこは正直に言うんじゃないでしょうか。ソーニャの友だちを殺してしまったと知って、ラスコは動揺した。お母さんはラスコの変調の理由がソーニャにあるらしいと見抜いて、「あの娘が原因だって私はわかったよ」と言った。

浩美　ソーニャの友だちだとわかって、激しく動揺するわけね。

三浦　たぶん。ラスコはその事実を知って、悶々(もんもん)として知恵熱出して倒れたんですよ。それで、ついに第三部の後半あたりで殺人をソーニャに告白した。

岸本　それをスヴィドリが立ち聞きした――どこでしたんだ、その大事な告白。

三浦　それもラスコの下宿じゃないですか。また大家がろくに身元も確かめずに、「上だよー、ハクいスケと話してるよー」と、スヴィドリを通しちゃったんですよ。

篤弘　この会話って、ラスコとソーニャが、かなり親しく話している感じがするんだけど――。

浩美　馴れ馴れしいというか――なんかこう、距離が近いよね。

三浦　意外とつきあいが長いのかもしれないですね。物語が始まる前からマメ父とラスコは飲み友だちで、マメ父を迎えにくるソーニャとも知り合いだった。

篤弘　しをんさんはそっちの説なんだね。僕は登場人物のほとんどはラスコが罪を犯したあとに知り合っていくのか、と思ってたんだけど。

三浦　ええ、でも、どうやら第三部で告白しているみたいなので、第一部の終わりで殺人、第三部の後半でソーニャに犯罪を告白と仮定すると、知り合ってから告白までの展開が早すぎませんか？

篤弘　いや、だから、告白はしてないんじゃないかな。

三浦　しかし、告白していないとすると、スヴィドリの強気の理由がわからないですよね。ただ、私もたしかに早いとは思います、告白のタイミングが。

篤弘　もし、上巻でラスコがソーニャに告白するとしたら、「俺はコロシをやってきたぜ」と自慢げに言ってる絵が浮かぶんだよね。ただ、手を下した相手が、まさか目の前にいるソーニャの知り合いだとは知らなかった——まだそのときはね。

三浦　なるほど、なるほど。

篤弘　読者はすでに事情を知っているけど、ラスコは物語の後半になってようやくソーニャの友だちだったことを知る。仲良くなってから知ることで、その事実がどんどん重くなってくる。

三浦　たしかに、そのほうが展開として自然ですね。

浩美　ソーニャはラスコの告白を聞いてどんな反応をするんだろう。

三浦　「はっ、それって私の友だちだ」と内心で思う——。

篤弘　でも、ソーニャはそれをラスコに言わないんですよ。

浩美　秘めてるわけね。

篤弘　だから、ラスコは最初それを知らないわけ。

岸本　ああ、なるほど。

篤弘　知らないまま後半まで引っぱって、どこかの段階でついにそれを知る。

三浦　で、「ガビーン」となる。

浩美　ソーニャがひそかに理解していたこともラスコは知らなかったわけだから、二重にショックだよね。

三浦　ふむふむ。そうなると、お母さんの「ソーニャが原因」発言の謎が残りますけど――。

篤弘　お母さんのセリフはフラグじゃないかな。

岸本　何についての？

篤弘　「予感」という言葉を使ってるし、お母さんは理屈でわかってるんじゃなくて、なんとなくそういう予感がすると言っているだけじゃない？　読者向けのフラグなんですよ。ドスト的には「俺は先々まで考えて書いてるぜ」という証しにもなってる。

三浦　行き当たりばったりじゃないぜ、伏線張りまくってるぜ、と。

篤弘　あとで、この「予感」が効いてくるぜ、と。

岸本　なんでだかわかんないけど、ラスコの運命を大きく変えるのはあの娘だという気がする――と。

篤弘　そういうことです。

三浦　そんなニュアンスでしたっけ？　お母さんの言葉に対して、「そんなわけないじゃない、プン！」とドゥーニャが強く言ってましたよね。

浩美　ソーニャをかばうみたいに――。

三浦　かばってるんでしょうか。「すごくいい感じのお嬢さんね、ソーニャって。あの娘が息子を変えてくれるいいお嫁さん候補なのかも。そんな予感がする」ってお母さんが好意的にソーニャのことを評したのに、ドゥーニャは「そんなわけないじゃない。お兄ちゃんは誰のことも好きになんないもん。ていうか、ソーニャと私はエスだもん」みたいに言ってません？

岸本　私もそっち説。エス派。

浩美　私の印象では、お母さんは直感的に「あの娘が」って言っただけなんだけど、ドゥーニャは母親が不吉な感じで「ラスコがあの娘に巻きこまれる」と言ってるのかと思って、「そんなことない、あの娘はいい娘よ」って反論したんだと思う。

三浦　なるほど、そうか……。いずれにしても、ラスコが動揺するような出来事があったんだと思います。はたして、ソーニャが娼婦だと知って動揺したのか——。

篤弘　それとも、ソーニャの友だちを殺めてしまったと知って動揺したのか——。

三浦　ラスコとソーニャの立場を考えると、その二つしかないですよね。まあ、われわれが知らないだけで、他にもエピソードがあるんでしょうけど（笑）。

——ここまで推理が進んだら、いくつかの説を両立させたまま進めていって、ときどき修正を加える、ということでいかがでしょう？

篤弘　少ないヒントで全貌を把握するのはもともと無理だものね。いろんな説があったほうが面白いよ。

岸本　私、なんかもうちょっと頭が混乱してきた（笑）。ホワイトボードが欲しい！

三浦　構成的には篤弘さんの説（＝殺人の告白はもっと後半）じゃないと、第三部までにつめこみ過ぎですよね。すでにわかっているだけでも、老婆が二人殺され、ママ父が亡くなり、ラスコは病気で倒れ、故郷から家族が上京していますから。

篤弘　でも、そういう小説なんだよね、これ。

三浦　すごく短い期間の話だってことは確信しました。

われわれもスキルがついてきたよね。

篤弘　じゃあ、次はどこを読んでもらいましょう？　ちょっと行きづまってきたから、先へ進んで第五部を読んでもらうとか。第五部の——冒頭？

岸本　いや、冒頭は情景描写だから（笑）。

浩美　あ、でも短期間の話だったら情景描写はもうないかも。

三浦　第一部の冒頭が夏の描写だったんで、そのあとサンペテの四季の描写がいちいちあるのかと思ってました。「初冬のサンペテでは誰もが首を縮めて歩き、外套(がいとう)を着た亀のようなありさまだ」とか。

岸本　夏のサンペテって、意外なほど暑くるしい描写だったけど、第五部でもまだそれが続いているわけよね。暑くて臭いサンクトペテルブルグ。

篤弘　で、エピローグのシベリアで季節が変わるのかな。第五部は何ページから始まってます？

――第五部のスタートは一五〇ページです。

篤弘　ちょっとだけ――第五部の最初を三行だけでいいんで読んでいただけます？

（第五部の冒頭三行〔旧下ｐ１５０〕、朗読）

ドゥーネチカとプリヘーリヤ・アレクサンドロヴナを相手に、ピョートル・ペトローヴィチにすれば宿命的な話し合いをした翌朝は、ピョートル・ペトローヴィチにも酔いをさますような作用をもたらした。彼は、実に不愉快なことだが、昨日はまだまるで夢みたいな気が

篤弘　宿命的な話し合いをしたんだ。でも、ここはラスコに関係ないかな。

浩美　この三行を読む限りではね。

三浦　「登場人物表」をチラ見した記憶だと、たしかピョートルってドゥーニャの婚約者でした。ピョートル大帝と同じ名前だし、反権力的なドストが、嫌なヤツにつける名前ですよ。勝手な想像ですが。

岸本　そうね。間違いなく、いけすかない金持ちだよね。
篤弘　第五部の終わりは何ページですか。
——二八九ページです。
三浦　じゃあ、第五部の真ん中あたりにしましょうか。
岸本　ニーニーで、二二〇ページはどうでしょう。
浩美　ニーニーってなんなの（笑）。
篤弘　よくわかんないけど、ニーニーニーで二二二は？（笑）
——超長いセリフが二二〇ページからずっと続いています。
篤弘　やっぱりね。それって対話ですか一人語りですか。
——一人のセリフです。
岸本　誰なのかな。男？
三浦　まったく知らない脇役の新キャラだったら絶望しますね。
——アンドレイ・セミョーノヴィチです。「長い考察を述べおわり」とあるので、彼の考察が延々と続いているわけです。
三浦　絶望だ。
（一同、笑）

浩美　その人って誰なんだっけ。「人物表」に名前があった?
岸本　響きからして蟬(せみ)――いや、なんでもないです。
篤弘　じゃあ、もう少しあとを読んでもらったほうがいいのかな。
岸本　ニーミーニーで、二三二ページでどうでしょう。
篤弘　それじゃあ、あんまり離れてないよ。きっと、まだ同じヤツがしゃべってる(笑)。
三浦　名前に覚えのないヤツが。
浩美　誰だかわかんないヤツが。
岸本　しかし、まだまだ知らないヤツが出てくるよね。
三浦　違う小説が途中に紛れこんでるんじゃあるまいな。
岸本　長くしたくて、いろんな手練手管をね。
三浦　捨てキャラが出てきては、しゃべるしゃべる――。
――二三二ページには、ソーニャが出てきます。
篤弘　あ、いいですね。じゃあ、そこを読んでもらいましょう。

〈第五部の真ん中あたり〔旧下 p232〕、朗読〉

言わずにはいられないばかりか、その機会を、たとえしばらくでも、先へのばすことはできない、と感じたからである。どうしてできないのか、彼はまだわからなかった。彼はただそう感じただけだった、そしてこの必要に対する自分の無力の苦しい意識がほとんど彼をおしつぶしそうになった。もうこれ以上考えたり、苦しんだりしないために、彼は急いでドアを開けて、戸口からソーニャを見た。彼女は椅子(いす)にかけて、小さな卓に両肘(りょうひじ)をつき、手で顔をおおっていたが、ラスコーリニコフを見ると、待っていたようにそそくさと立ち上がって、彼を迎えた。

「あなたがいなかったら、わたしはどうなっていたことでしょう!」彼女は部屋の中ほどで彼に出会いながら、急いで言った。これだけはできるだけ早く言ってしまいたかったらしい。それだけ言うと、あとは彼の言葉を待った。

ラスコーリニコフは卓のそばへ行き、いま彼女が立ち上がったばかりの椅子に腰を下ろした。彼女は昨日とまったく同じく、彼の二歩ほどまえに佇(たたず)んだ。

「どうしたの、ソーニャ?」と彼は言った、そして不意に自分の声がふるえているのを感じた。

「たしかにすべては《社会的立場とそれに関連した習慣》に基づいていたというわけだ。さっきこの意味がわかったかね?」

苦悩が彼女の顔にあらわれた。

「昨日のようなことは言わないで、それだけはおねがい!」と彼女は彼の言葉をさえぎるように言った。「どうか、もうあんなことは言わないで。それでなくても、もうこんなに苦し

三浦　なになになに⁉

篤弘　昨日、ラスコは何を言ったんだろう。

岸本　これ、まだ因業（いんごう）ばあさんの妹殺害を告白していないみたいな口ぶりだね。

三浦　いままで何をぐずぐずしてたんだ！

篤弘　言ってないんだね、この人。第五部の半ばになっても。

岸本　引っぱるなあ。

浩美　告白は第三部じゃなかったのね。

岸本　でもさ、この「言わずにはいられない」は、ソーニャ以外の人物に対して、かもしれないよね。

篤弘　この前の日にソーニャの気持ちを乱すようなことを言ったんでしょう？　ひょっとするとそれが告白なのかな。

三浦　いや、それは単に、「結婚してくれ」的なことを、ラスコが急に言い出したんじゃないですかね。大家の娘という前例もあるし。先ほど読んでもらった第四部のネチネチ会話あたりで、ネチネチ責めつつも、ラスコはプロポーズした。でも、その直後にソーニャとリザヴェータが知り合いだと判明して、ガビーン。どうするかいろいろ考えた挙句、殺したことを正直に言おう——で、いまこの場面です。
岸本　さっきの第四部から何日経ってるのかな。
三浦　そうか。まさか、一日なのか。
浩美　ありうるありうる。第三部はほぼ一日みたいだったし。
篤弘　うーん……「人物表」にあったリザヴェータの説明をもう一度読んでもらっていいですか。
——「リザヴェータ・イワーノヴナ　アリョーナ・イワーノヴナの妹でソーニャの友人。ラスコーリニコフに殺害される」。
篤弘　ソーニャの友人ってことは、老婆じゃないのかも。
三浦　私たちが勝手に「ばあさんズ」と思っていただけで——。
岸本　この人にすごく親切にされたことがあって、友だちになったとか。
篤弘　だから、妹が因業かどうかはわからないよね。
浩美　そうよ。いい人なのよ。ソーニャと仲良しなんだし。
岸本　だいたい、姉が業突張り（ごうつくば）だと妹はいい人って相場が決まってるし。
篤弘　巧みなのは、一人は殺されてしかるべき人物だったけど、ついでに殺しちゃったほうは、じつはソーニャの知り合いで——、
浩美　いい人なのよ。

岸本　それで良心が衝かれる。
篤弘　つまり、「罪」の意識は二人目だけなんだ。
三浦　そして、友だちであるリザヴェータを殺されたソーニャが、それでもラスコを許すことで、「人生が到来」する、と――。なんかラスコにばっかり都合がいい感じがして、納得しがたいな。
篤弘　ちなみに、最初に殺された老婆はどう説明されてます？
――「質屋の強欲な老婆」です。
篤弘　この短さ（笑）。どうでもいいんだよ、老婆のことは。ドストもラスコも老婆に対する愛情はまったくない。
岸本　大家ではないんだよね。ということは、ラスコを怯えさせた大家って、意外と捨てキャラだったんだね。
三浦　同じく捨てキャラのイリヤが聞きこみに来たときに、大家は嬉々として、「家賃は滞納するし、部屋の使い方も汚いし、へんてこりんなドイツ帽をかぶってるしで、ラスコさんってたぶん変態ですよ」ぐらいは証言したでしょうけど、出番はその程度かもしれませんね。あと、かなりゆるく客を通す大家だってことは、すでに判明してますが。
浩美　スヴィドリなんとかなんて、いきなり戸口に立ってたし。

篤弘　どことなく、ラスコの計算がにじみ出てるよね。殺人については、言っても言わなくてもいいんじゃないか――みたいな。

三浦　殺してよかった、と思ってるからですよ。ところで、いまのは何ページでしたっけ？

――二三二ページです。

三浦　ということは、エピローグが終わるまで、あと二百五十ページぐらいはあるのか……。

浩美　そういえば、さっき話題に上ったすごくすごく長いセリフの人って、誰なんだろうね。

三浦　放っておきましょう。たぶん捨てキャラです。

篤弘　本当に捨てキャラなのかどうか――名前はなんでしたっけ？

岸本　セミなんとか――。

篤弘　じゃあ、そのセミなんとかって人の説明文を読んでください。

――「アンドレイ・セミョーノヴィチ・レベジャートニコフ　ルージンの同居人。しかし、ルージンからは馬鹿にされている」。ルージンはピョートルの苗字です。

岸本　ピョートルの友人？

篤弘　もしかして、ドストはこの人に語らせちゃってるのかな。

岸本　作者の考えをこの人の口を借りて、みたいな？

三浦　とはいえ、筋にさほど影響のない人物とみました。

篤弘　延々としゃべってるのに？

――一ページ半ぐらいしゃべってますね。

篤弘　そんな長いモノローグって、どうやって書くのかな。こんなにスピーディーな展開の小説なのに。

三浦　モノローグだってことを、書いてるうちに忘れちゃったんじゃないですかね。

岸本　途中で、道順の説明とか入ってたりして。

篤弘　一ページ半のあいだ、他に誰もしゃべらないってことは――相手がいるのかな、まさか、ひとりごと？

――いえ、相手がいます。『たわごとだ！』とルージンはかんかんにいきり立って、わめきたてた」と長ぜりふの前にありますから。

浩美　よかった。ひとりごとじゃなくて。

篤弘　じゃあ、第五部の様子も少しわかったんで、またちょっと第四部に戻ってみますか。

岸本　ネチネチ会話のところから離れる？　それとも刻むほうがいいかな。

三浦　刻んでもよさそうです。ソーニャが何を指して、「昨日のようなことは言わないで」と第五部で言ったのか、ラスコがソーニャについてどのぐらい情報を持っているのか、わかるかもしれませんし――。

岸本　さっきのラスコの責めっぷりだと、前後のどこかでソーニャが苦悩するシーンがきっとあるよね。

浩美　ソーニャ的には、「自分の友だちをこの人が殺したんだわ」とひそかに思ってるわけでしょ。それはそれは苦悩しますよ。

岸本　あと、まだ職業を知られていない段階だったら、ラスコに娼婦だって知られたらどうしよう的な苦悩もあるかもしれない。

三浦　そういえば、気になってたんですけど、いままでラスコが居合わせない場面ってありましたっけ？「ところで、ソーニャは悩んでいた」とか、「そのころ、マメ父は飲んだくれていた」みたいな、ラスコ以外の視点のシーン。

篤弘　三人称のカメラがラスコから離れるかどうか、ね。

岸本　なんとなく、この時代の作家だったら神の視点で書きそうな気はするけど。

——第三部で、プリヘーリヤとドゥーニャだけの会話がありましたね。

篤弘　そこにラスコは居なかったね、たしかに。

——「あの子はどこかへ急ぎの用事があるらしかったからねえ」と、ラスコの母が言っています。

篤弘　じゃあ、完全に神視点だ。

岸本　あとほら、ラスコが気絶しているあいだの会話とかもあったよね。

三浦　一応、その場にラスコは居ますけどね（笑）。
岸本　そうね、居ることは居るけど（笑）。
三浦　しかしそうすると、ソーニャが一人で苦悩する場面もありうるのか。
岸本　そのページ、なんとかして当てたいよね。
浩美　当てたい。ソーニャが何考えているのか、ぜんぜん腑に落ちないし――。
三浦　だいたい、ソーニャのセリフって第四部で初めて当てたぐらいなんですよ。それまで、彼女しゃべってました？
篤弘　いや、初めてだと思う。
三浦　無口な人なのかな。
篤弘　さて、第四部に戻って、どこを読んでいただきましょう？
浩美　今回、ラストはやめておく？
岸本　いままでどおり、ラストという手もあるけど。
篤弘　毎回、ラストは盛り上げてるからね、ドスト。
三浦　いやいや、刻んだほうがいいと思います。だって、第五部の冒頭三行から推測すると、第四部のラストはきっと、母と妹と妹のいけすかない婚約者の話ですよ。
浩美　じゃあ、刻もう。

岸本　われわれもスキルがついてきたよね。
三浦　第四部のどのあたりまで、ラスコとソーニャはネチネチ会話を続けていますかね。
岸本　直後を読む？
三浦　九六ページの次——、九八ページを読むとか。
篤弘　それは近すぎるなぁ。
岸本　まだソーニャを問いつめてたりして。
篤弘　いや、二十ページあとでも、ラスコはまだ問いつめてるかも。
浩美　かなりのネチネチぶりだったから。
岸本　じゃあ、ラスコもういいよ——ということで、モーイイヨの一一四ページ。
篤弘　それで行きましょう。

（第四部のネチネチ会話の少しあと〔改下 p114〕、朗読）

あやしく胸を騒がせながら、呟くように言った。

「どうして？　このままではいられないからさ、——それが理由だよ！　もういいかげん、真剣に率直に考えなきゃいかんよ。いつまでも子供みたいに泣いたり、神さまが許さないなんてわめいたりしていたって、はじまらんさ。ええ、ほんとに明日きみが病院に収容されたら、どうなる？　あの女は頭がどうかしてるし、肺病だ、じきに死ぬだろうが、子供たちは？　ポーレチカが身を亡ぼさないと言えるかね？　いったいきみは、母親に袖乞いに出されて、そこらここらにうろうろしている子供たちを、見たことがないのかい？　ぼくはよく知ってるよ、そういう母親たちがどこにどんな状態で住んでいるか。そういう境遇では子供たちが子供でいることはできないんだよ。わずか七歳で春を売るのも、泥棒をするのもいるよ。だが、子供たちは――キリストの姿じゃないか。《天国はこのような者の国である》と教えてるじゃないか。彼は子供たちを敬い愛せよと命じた。子供たちは未来の人類なんだよ……」

「それじゃいったい、どうしろというの？」とソーニャはヒステリックに泣き、手をもみしだきながら、叫んだ。

「どうしろ？　砕くべきものは、ひと思いに砕いてしまう、それだけのことだよ。そして苦悩をわが身にになうんだ！　なに？　わからない？　いずれわかるよ……自由と力、特に大切なのは力だ！　すべてのおののける者どもとすべての蟻塚の上に立つのだ！……これが目的だ！　おぼえておきたまえ！　これがきみにおくるぼくの門出の言葉だよ！　もしかしたら、きみと話すのもこれが最後かもしれん。もし明日ぼくが来なかったら、いっさいのことがひとりでにきみの耳に入るだろう、そしたらいまのこの言葉を思い出してくれ。いずれ、何年か後に、生活をかさねるにつれて、この言葉の意味がわかるようになるだろう。もし明日来たら、誰がリザヴェータを殺したか、おしえるよ。さようなら！」

――すみません。途中でやめられず、思わず次のページの半分ぐらいまで読んでしまいました。

篤弘　ああ、ああ。

浩美　あああー。

三浦　ああああー。

浩美　いいところだった！

岸本　当たりだった！

篤弘　まだ言ってないよ、ラスコ。

浩美　そう、言ってなかった。

岸本　でも、言ったも同然だ（笑）。

三浦　「おまえだろ！」って、読者総出でつっこんでますよ。

篤弘　それにしても、ラスコ――。

三浦　なんか説教臭いこと言ってましたね。

岸本　説教ぶちかましてました。

三浦　こいつ、ほんと嫌なヤツだ。

浩美　自分のことを棚に上げて。
岸本　めちゃくちゃ頭が高い。
三浦　高すぎですよ。なんなの、この男。
岸本　そういえば、「あの女」って出てきたじゃない？　これって誰だろうね。
　　——「あの女は頭がどうかしてるし」のくだりですね。
岸本　そうそう。
三浦　ソーニャのことじゃないですか？
岸本　いや、違うと思うけど——。
浩美　だってこれ、ソーニャに言ってるんでしょう？
三浦　ソーニャに、「そんなに君が意地を張っていたら、みんなにあの女は頭がおかしいと言われちゃうよ」と言っているんだと思いましたけど——聞き間違いかな。
岸本　「あの女」がいなくなると、そこにいた子供たちが春を売らなきゃいけないとか言ってるから、それって新たに孤児院経営の因業な女が出てくるのかと思ったんだけど——。
浩美　たしかに、「もし君が明日、病院に行っちゃったら、そんなふうに言われてしまうし、妹のポーレチカたちはどうなるんだい？」みたいなことを言ってた。
岸本　ということは、ソーニャの幼い妹がどうなるのかって話？

三浦　君がしっかりしないと、幼い妹も春をひさぐようになってしまう、と説教してるんですよね？　あ、でもさすがにソーニャに向かって、「じきに死ぬだろうが」までは言わないか。じゃあ、「あの女」というのはソーニャとは別人かな。

岸本　そういえば、ソーニャが娼婦であるとラスコの職業問題はどうなったんですかね。

浩美　ソーニャが娼婦であるとラスコは知っているか——。

三浦　さすがに知ってるみたいですね。「また明日ここへ来るよ」と言ってるし。

岸本　てことは、売春宿で話してるのかな。

浩美　なんとなく、そんな感じがするよね。

篤弘　ソーニャの住んでいる部屋とも考えられるけど。

浩美　いや、売春宿だからこそ、ネチネチ言ってるんじゃない？

三浦　「毎日、定収入があるとは限らないよね」的な発言といい、「ここでこんなことしてて、いったいいくら稼げるの」といった、厭味（いやみ）な感じがありますもんね。それにしても、明日来たら教えるとソーニャに言ってるってことは、もうこの時点で自首の決意を固めてるのかもしれない。

篤弘　でも、まだ第四部だよ？

三浦　もしかして『罪と罰』って、二週間どころか、「一日一部進行で六日間」の話なんじゃないでしょうか。

篤弘　読むときの気構えとしては、そのほうが入りやすいけどね。すごく長い期間を描いた長編小説だと思いこんでたから。長い長い苦悩なのか長い長い空威張り（からいばり）なのか、いずれにしてもそういうことを想像していたんだけど、そうではないんだね。

三浦　かなりのジェットコースター展開なのは間違いなさそうです。

浩美　しかし、本当にまだ告白していないとは、ラスコ。

篤弘　ここでのラスコはまったくナイーブな感じがないよね。前は気絶したりしてたのに。

浩美　なんか、ラスコの言い方ってソーニャのほうが悪いことをしてるみたいじゃない？　身体を売っていることを責めてるのか、「君はもっとしっかりしなくちゃ」みたいな言い方して。

三浦　ラスコってソーニャのこと、「貧困に押しつぶされ、なすすべもなく流されて、身を売るしかない女」みたいに思ってるんじゃないでしょうか。ああ、むかつく。もう自分で言っててむかついてきた。

岸本　「オルグしてやる、俺が」みたいな感じがあるよね、ラスコには。

三浦　「この現実を、社会を変えようという気概もないのか、君は」とか言いそうです。

岸本　若い子を酒場で捕まえて説教を垂れてるような口ぶりだよね。

――ラスコは男性人気が高いみたいです。

三浦　私、この小説を読んでも、ソーニャにあまり感情移入できず、ラスコの理屈にはもっと腹が立ってしまいそうな予感がして、すごく怖いんですけど。

岸本　きっと、キリスト教的な要素が満載なんだろうね。最後に『聖書』が出てきたし。

三浦　エピローグに、ソーニャが渡したって書いてありましたね。

浩美　影絵的には、跪（ひざまず）いてソーニャの腹にくちづけする、みたいな場面があったような。

岸本　えっ、膝（ひざ）にすがるんじゃなくて、腹に接吻なの？

篤弘　これだけの会話をしているということは、この二人はそれなりに親密で、きわめて恋人に近い関係になってるはずで——。

岸本　つまり、やったか、やらないか、ということ？

三浦　結構大事なことかもしれませんよ、やったか、やらないかは。

岸本　しかし、一回やっておいてから説教するって最悪だよね。

三浦　「君、なんでソープなんかで働いてるんだね」。おっさんか！

岸本　いるいる（笑）。

三浦　でも、なんか違うような気もするんだよな。意外とやってないのかも。

篤弘　ラスコ寄りにポジティブに考えるなら、「自分には秘密がある。それはソーニャの友だちを殺したことだ。それがわかってしまったら、二人の関係はそこで終わりだ」——その絶望を恐れるあまり、余計な説教とかしてるんじゃない？

三浦　いえ（きっぱり）、「無知で身体なんか売ってる女には、革命思想ってものを教えてやんなきゃ。神なんてもんを信じてる、この蒙昧な女にはな」と考えるようなヤツですよ、ラスコは！

篤弘　そろそろこの男、弱音を吐いたり人間らしいことを言い出すだろうと予感させて、しかし、どこまでも言わない。

浩美　とにかく、悪いヤツのまま引っぱりまくるのよ、最後の最後まで。

岸本　だけど、「もうほんと最悪」と思わせておいて、その最悪男が神を信じるようになる。

浩美　たしかに、そういう毒舌な人がほんのちょっといいところを見せると、うわ、この人、本当はすごくいい人なんだって思っちゃう。

岸本　結局、不信心と信仰のせめぎ合いということなのかな。

三浦　ラスコは神などまず信じてないでしょうからね。

岸本　ドストがソーニャを娼婦にしたっていうのも、信心深い聖女だけど卑しい身分、でも、心は清いってことでしょう。一方、ラスコはあくまでも嫌なヤツで、そういう二人をかなりえげつなく対比させてる。

浩美　そして、エピローグのシベリアで人生の光明を見る。

岸本　でもね、そうしたら、どこかでアクロバティックな展開がないと、なんかね。このまま行ってラスコがいきなり改心というのは――ちょっと。

浩美　でもほら、強請りの人とか出てきたし、「副主人公」ってことはあの人が何かしでかすんじゃない？

三浦　妹のドゥーニャと絡むのかラスコと絡むのかはっきりしないけど、まあ、何かしらありそうですよね。それにしても、山あり谷ありでいろんな人が出てくるし、偶然によっていろいろ明かされて――どうなっちゃうんだろう、この話。すでに自首することも決めてるっぽいじゃないですか。じゃあ、このあと何があって、「ありがとう、『聖書』！　ありがとう、ソーニャ！」まで行くんですかね。

岸本　そうなんだよね。

三浦　ちょっとバカにしてた女だったけど、じつは彼女の言ったことのほうが真実じゃないか、とラスコは思うようになるんでしょうから。

篤弘　そういえば、結末の自首シーンは、この第四部から何日後なのかな。第五部の半ばではまだ言ってなくて、そのあとはもう第六部だから、さすがに第四部から第六部までは一日じゃないよね。ここからまだ紆余曲折（うよきょくせつ）あるってこと？

三浦　明日、ソーニャに打ち明けたのちに自首しようと思ってたけど、なんらかの事情でできなくて、また新たな事件が起こるのかな。ただ、いろいろあるとしても、なぜラスコが、ソーニャのほうこそ真実だった、と思うかがわからない。たぶん肝心な部分なのに。

浩美　影絵情報では、最後のほうでラスコが大地にくちづけしてたよ。

三浦　母なるロシアということか？

岸本　エピローグでは、ラスコ、シベリアで病気になるんだけど、病気になる前にソーニャからもらった『聖書』を読んでた。

浩美　エピローグでは刑務所（ムショ）に入ってるんだよね、ラスコ。

三浦　あ、『聖書』って刑務所の差し入れか。

岸本　そうかもしれない。

三浦　シベリアでのラスコの病気は、お母さんと妹が様子を見にきた、あのときの病気とは違う病気ですよね？

岸本　違うんじゃない？

篤弘　でも、これってすごく短い期間の話なんでしょう？　だったら、ラスコの病気ってやっぱりひとつなんじゃない？

三浦　いや、きっと違うんですよ。シベリアに行くまでに時間があるじゃないですか。勾留とか裁判とかあるし。さらに、シベリアで「あと七年」と思ってるけど、その前に三年ぐらい刑期をすませているかもしれない。だから、おそらくシベリアの重労働で身体を壊して弱気になり、「君がずっと言っていた『聖書』ってものを、俺も読んでみようと思う」と、ソーニャに差し入れを頼んだんじゃないですか。

浩美　そういうことなのね。

岸本　自首したあとにエピローグだから、たしかにそのあいだに、ある程度時間が経ってる可能性はある。

「登場人物表」をじっくり眺める。

篤弘　じゃあ、ここまで来たことですし、さっきチラ見した「登場人物表」をじっくり見てみますか。まったくかすりもしなかった登場人物がいるはずです――。

（一同に、改めて「登場人物表」が配布される）

三浦　へぇ、ロジオンって頭文字がPなんだ。

篤弘　ロジオン・ロマーヌイチ・ラスコーリニコフ（Родион Романович Раскольников）でPP。

三浦　ん？　殺人の嫌疑をかけられたペンキ職人がいる。そうか、たぶん警官イリヤは、ペンキ職人を犯人だと思ってたから、ラスコの自供に驚いて口を開けたんだな。

一同　なるほどね。

岸本　服に赤いのがついてたんだろうね、ペンキ職人だから。

浩美　なんか、その程度な気がする。

岸本　「おまえ、なんだそれ」って職質かけられて、キョドってしまった。

三浦　……この、マルメラードフって誰でしたっけ？

（一同、笑）

岸本　マメ父ですよ。

三浦　そうだったー！　もう無理。もうこれ以上覚えられない、ロシア人の名前。

篤弘　ラズミーヒンって、警察署の事務官とも友だちなんだね。

三浦　ということは、故郷とサンペテは近いのか？

篤弘　ラズミーヒンは、もしかすると故郷の友だちで、ラスコと一緒にサンペテに出てきたのかも。

三浦　お忘れかもしれませんが、私はずっとその説を唱えてきましたよ。ラスコのお母さんと妹に、手紙だか電報だかを出したのも、馬――じゃなくてラズミーヒンが幼なじみだからなのです。

篤弘　警察とどう絡んでるんだろうね。しかも、予審判事と親戚なの？　ずいぶん、つながってるなあ。

浩美　この「副主人公」のアルカージイ・イワーノヴィチ・スヴィドリガイロフ。「ドゥーニャを家庭教師として雇っていた家の主人で、黒い噂が絶えない不誠実な男。ドゥーニャを愛する。物語の冒頭で名前だけ登場し、中盤に突如として現れる」ってあるよ。しかもこの人、「ドゥーニャを愛する」らしいよ。

三浦　やっぱり、「ドゥーニャに会わせろ」ってラスコに言いにきたのは、地元でセクハラしたあとも言い寄りたかったからなんだな。

浩美　「黒い噂が絶えない」ワル親父。

篤弘　ラズミーヒンもドゥーニャが好きで、スヴィドリガイロフもドゥーニャが好きで、そんな中、意表を衝いてドゥーニャは評判の悪い金持ちのところに嫁ごうとしている――。

岸本　ピョートルね。

三浦　ピョートルについては「弁護士」と書いてあるので、もしかすると、兄の殺人を知ったドゥーニャが、ラスコを助けてもらおうと思って結婚相手に選ぶのかもしれません。

浩美　ピョートルとラスコは仲悪いみたいだね。

篤弘　それで、妹の結婚を阻止しようとするんだ。

三浦　たぶん、「金にあかして、妹を無理やり妻にするなんて」とラスコは思っていて、そうなると関係は最悪でしょうね。

篤弘　「人物表」を見ながら物語を想像していると、どうもベタな話になりがちなんだけど、実際は人物描写や独特の思想とか、ストーリーより細部を読むタイプの小説なんだよね、きっと。
岸本　そもそも、この表は面白いところが全部こぼれてるのかも。
篤弘　じゃあ、最後に第六部がどうなっているのか、読んでもらいましょうか。
岸本　どうしよう？　第六部の冒頭から五、六ページ行ったところとか？
三浦　じゃあ、ニクヤ（肉屋）で、二九八ページ！
——第六部は二九〇ページから始まっています。

（第六部の冒頭近く〔旧下 p298〕、朗読）
そんなことはばからしい憶測で、自分の女なんていやしない、とすれば、どうしても狂気としか考えられないじゃないか。ところがどうだ、きみはいまけろりとして、子牛の煮たのをむしゃむしゃやっている、まるで三日も食べなかったみたいにさ。

三浦　肉だ。
篤弘　当たった。

（かまわずに朗読）

そりゃまあ、狂人だって食うだろうさ、しかしだ、たとえきみはぼくと一言も口をきかないとしてもだ、やはりきみは……狂人じゃないよ！　それはぼくは誓って言う。ぜったいに狂人じゃない。だから、きみたちのことはもう知らんよ、何か秘密があるんだ、ぼくに言えないかくしごとがあるんだろうからな。

岸本　誰がしゃべってるのかな。

三浦　たぶん、ラズミーヒンでしょう。

（なおも朗読）

ぼくはきみたちの秘密に頭を悩まそうとは思わんよ。なに、きみを罵倒しに寄っただけさ」と、彼は立ち上がりながら、言葉をむすんだ。「そうでもせんと気がおさまらんのでな。ぼくはいまから何をしたらいいかくらいは、ちゃんと知ってるさ！」

「いったいい何をしようというんだい？」

「ぼくが何をしようと、きみになんの関係があるんだ？」

「酒をすごさないようにしろよ！」

「どうして……どうしてそんなことがわかった？」

「そりゃ、わかるさ！」

ラズミーヒンはちょっとの間黙っていた。

「きみはいつもひじょうに思慮の深い男だった、そして決して、一度も頭がへんになったことなどなかった」と彼は不意に熱をこめて言った。「そのとおりだ、ぼくは痛飲するよ！　もう会うまい！」

三浦　もしかして、いい場面なのかもしれませんね。ラズミーヒンが「きみたちの秘密」と言ってます。この「きみたち」って？
篤弘　ソーニャとラスコのことじゃないかな。
浩美　ドゥーニャとラスコでしょ。だって、ラズミーヒンが好きなのはドゥーニャなんだし。
篤弘　じゃあ、ドゥーニャはラスコの秘密を知ってるんだ。
三浦　やっぱり、ドゥーニャは兄の秘密を知って、ピョートルとの婚約に踏みきったんですよ。それをラズミーヒンが察したのかな？　でも、もし「きみたち」がラスコとソーニャを指すのなら、さすがにもうラスコは彼女に罪を告白したということになりますね。
篤弘　告白は第五部でしょう、たぶん。

三浦　第五部の真ん中あたりでは迷っていたけど、あのあと五十ページくらい考えた挙句、「殺ったんだよ、俺。知ってた？」とソーニャに打ち明けた、と。

篤弘　いまの場面のセリフを受けて、ラスコがどう思ったのか知りたいよね。次の二九九ページも読んでもらいましょうか。

岸本　いいですね。

（第六部、先ほどのシーンの続き〔旧下 p299〕を朗読）

そう言って、彼は出て行きかけた。

「ぼくはきみのことを、一昨日(おととい)だったと思うが、妹に話したよ、ラズミーヒン」

「ぼくのことを？　だって……いったいどこで一昨日妹さんに会えたんだ？」と、不意にラズミーヒンは足をとめ、いくらか蒼(あお)ざめさえした。胸の中で心臓がしだいに緊張の度を加えて鼓動をはじめたのが、察しられた。

「ここへ来たんだよ、一人で、ここへ坐(すわ)って、ぼくと話し合ったんだ」

「妹さんが！」

「そうだよ、妹が」

「きみはいったい何を話したんだ……つまり、そのぼくのことだが？」

「きみはひじょうに善良で、正直で、しごとの好きな男だと、あれに言ったよ。きみがあれを愛していることは、言わなかった。そんなことは言わなくとも、あれが知っている」

「あの人が知っているって？」

「きまってるじゃないか！　ぼくがどこへ行こうと、どんなことになろうと、――きみはいつまでもあの二人の守り神であってくれ。ぼくは、いわば、あの二人をきみに渡すよ、ラズミーヒン。こんなことを言うのは、きみがどんなに妹を愛しているか、よく知ってるし、きみの心の清らかさを信じているからだよ。妹がきみを愛するにちがいないことも、知ってるよ。もしかしたら、もう愛してるかもしれない。だから、どっちがいいと思うか、自分で決めるんだな――飲んだくれる必要があるかどうか」

三浦　あれ、私が考えてたのと違うな。
篤弘　この「二人」の片方はドゥーニャだよね。
岸本　そうね、一人はドゥーニャだと思うけど、もう一人は誰だろう。
浩美　しをんさん、わかった？
三浦　いえ、ぜんぜんわかんないです。
浩美　どういうストーリーをイメージしていたんだっけ。

三浦　ラズミーヒンがラスコの罪を知ってほのめかしている、と解釈していたんですが……。「二人を渡す」ってどういうことでしょう。

篤弘　ここでラスコが言ってる「二人」には自分が含まれてないよね。

三浦　「ソーニャと妹のことは、君（ラズミーヒン）に任せる」という意味ですかね。

岸本　でも、ニクヤ（旧下 p298）のほうのラズミーヒンのセリフに出てくる「きみたち」は、ラスコとドゥーニャのことじゃない？

篤弘　ややっこしいなあ。どうも、いまの二ページを読んでもらった感じでは、「二人」のうちのもう一人はお母さんじゃないかな。

三浦　あ、そうですね。

篤弘　ラズミーヒンに「妹と母の面倒を見てくれ」と頼んでるんだな。なんにせよ、「きみに渡す」という言い方をしてるってことは、ラスコはもう覚悟してるんだろうね。

岸本　自首を決意したわけね。

篤弘　だけど、ちょっといやらしい言い方というか――。

岸本　それにしても、じれったいよね、ラズミーヒン。「あの人が知っているって？」とか。

篤弘　われわれですら知ってるのに（笑）。

浩美　第六部で、まだこんな会話とは。

岸本　ラスコはラスコで、「君はあれを好きだろう」みたいな（笑）。

三浦　さすがのラスコ・クオリティですな。

篤弘　こういう斜に構えた青くさいラスコに憧れや同族意識をもって読んでいくこともできるし、「なんだ、こいつ」って思いながら読んでいって、最後に「ああ、君にもそういうところがあったのね」と発見する読み方もあるんだろうね。

浩美　正直、私たちが推理したイリヤが頑張るバージョンのほうが面白そうだった。

三浦　いや、それはどうでしょう（笑）。

篤弘　「人物表」を見ると、まだまだ知らないことが沢山(たくさん)ありそうだし。

三浦　たとえば、「心理的証拠だけで追い詰める予審判事の論戦」って、すごく気になりません？　われわれ、予審判事の登場シーンにはかすりもしませんでした。

篤弘　ポルフィーリイね。

三浦　どうして、ラスコが犯人だと足がついたのかも、断片的情報からはまったく確証を得られなかったですね。

浩美　たしかに、なんでラスコを怪しいと思ったんだろう――。

篤弘　影絵には出てこなかった？

浩美　だって、ポルフィーリイ自体、いまさっき知ったくらいだから（笑）。

『罪と罰』を読む――か?

篤弘　さて、ここまで物語を推理してきましたが、はたしてわれわれは『罪と罰』を読むのか読まないのか、どうでしょう?

岸本　手塚治虫版で読みたい(笑)。

浩美　ドストのオリジナルは読まない?

岸本　いや、本当言うと、読んでもいいと思った。

三浦　途中、かなり「ラスコ、どうよ」って思いましたけどね。

岸本　意外に、さくさく読めそうじゃない?

篤弘　推理していくうちに生じた疑問がいくつかあるでしょう? その答えをやっぱり確認したいよね。

三浦　どうしよう、感動のあまり涙、涙で涙腺決壊ということになったら。

浩美　『罪と罰』、いいですよ!」って会う人ごとに言ったりして。

三浦　「読んで人生観変わりました。いや、いままさに『人生が到来した』と言えましょう!」

岸本　「えっ、まだ読んでないの?」ってドヤ顔で言ったり。

篤弘　わかりました。やっぱり読むことにしましょう。

浩美　じゃあ、読んだあとに、また集まって話そうよ——。

（一同、同意）

これより、「ちょいと、ひとやすみ」のページでございます。

『罪と罰』登場人物紹介

ロジオン・ロマーヌイチ・ラスコーリニコフ（ロジオーン・ロマーノヴィチ・ラスコーリニコフ）
本書においては、主に「ラスコ」と呼んでいる。「なかなかの美男子」らしいが、つばの取れたドイツ製の妙な帽子をかぶり、登場直後から空腹でふらふらである。金貸しの老女（後述）と、その妹リザヴェータ（後述）を斧で殺害。

アリョーナ・イワーノヴナ
金貸しの老女。本書においては、主に「因業ばばあ」と呼んでいる。ラスコーリニコフに殺されたにもかかわらず、『罪と罰』のなかには特筆すべき記述がないという、ひどい扱いを受ける。非常に用心深く、すんなりとはドアを開けない。

リザヴェータ・イワーノヴナ
金貸しの老女の、腹ちがいの妹（血がつながっていない、義理の妹という記述もあり）。三十五歳。姉にこき使われ、働きづめなうえ、「ひっきりなしに妊娠している」らしい。ソーニャ（後述）と親しく、服の襟を安値で売ってあげたり、銅の十字架と聖像を交換したりする仲。不運にもラスコーリニコフの

犯行現場に来合わせ、とばっちりで殺される。

セミョーン・ザハールイチ・マルメラードフ

本書においては、主に「マメ父」と呼んでいる。ソーニャの父親。退職した役人で、酔っぱらい。妻のカテリーナ（後述）にどやされたり殴られたりするのが喜びらしい。酒場で出会ったラスコーリニコフに、いきなり長広舌をふるう。馬車に轢かれて死亡。

ソーフィヤ（ソフィヤ）・セミョーノヴナ・マルメラードワ

愛称はソーニャ。マメ父の娘。リザヴェータの友だち。小柄で十八歳ぐらい、青い目と美しいブロンドの持ち主。家計のために娼婦をしている。馬車に轢かれた瀕死のマメ父のもとに駆けつけ、ラスコーリニコフと出会う。おとなしく辛抱強い性格だが、たまにカナリヤのように怒る。また、非常に信心深いためか、聖書の「ラザロの復活」のくだりを読んでいると、異様に高揚しはじめる。リザヴェータを殺したと打ち明けたラスコーリニコフに、十字路に行って大地にキスをし、世界中に向かって「わたしは人殺しです！」と言うよううながす。ちょっと変わった女性である。

カテリーナ・イワーノヴナ・マルメラードワ

マメ父の後妻。ソーニャとは血がつながっていない。幼い連れ子（ソーニャの義理の弟妹）が三人いる。結核のようで、病と貧困に苦しみつつも、ソーニャや子どもたちのために奮闘する。自身の臨終に際して、金がないので司祭のお祈りを拒み、「わたしに罪なんてない！」と叫ぶシーンは、涙なくしては読めない。

プリヘーリヤ・アレクサンドロヴナ・ラスコーリニコワ（プリヘーリヤ・ラスコーリニコワ）

ラスコーリニコフの母。四十三歳。息子命。娘のドゥーニャ（後述）が結婚することになり、ラスコーリニコフの住むサンクトペテルブルグに、ドゥーニャとともにやってくる。まさか息子が殺人を犯しているとは夢にも思わず、ラスコーリニコフの変貌ぶりにおろおろし、胸を痛める。

アヴドーチヤ・ロマーノヴナ・ラスコーリニコワ

愛称ドゥーニャ。ラスコーリニコフの妹。美人で賢く、気丈な女性。それゆえ、全方向からモテモテ。サンクトペテルブルグで、ラズミーヒン（後述）に一目惚れされる。しかしドゥーニャは、家計や母の老後のことなどを考えたうえで、ルージン（後述）と婚約中である。ひさしぶりに会った兄ラスコーリニコフの様子が変なので、心配している。

ピョートル・ペトローヴィチ・ルージン

七等文官、弁護士。四十五歳。ドゥーニャの婚約者であり、マルファ（後述）の遠縁。「メンチカツ」状の頬ひげをたくわえている。ドがつくケチ。「厭味」「傲慢」「小者」という言葉を体現するような人物。ドゥーニャにふられ、ラスコーリニコフに素っ気なくあしらわれた腹いせに、ソーニャに窃盗の罪を着せようとする。とことん、ちっちゃい男だ。

ドミートリイ・プロコーフィチ・ウラズミーヒン
（ドミートリー・プロコーフィチ・ヴラズミーヒン）

通称ラズミーヒン。本書においては、主に「馬」と呼んでいる。ラスコーリニコフの友だちであり、ポルフィーリイ（後述）の遠縁。酒に強い。とても面倒見がよく、なにくれとなくラスコーリニコフの世話を焼く。ドゥーニャに恋をしている。

ゾシーモフ

ラズミーヒンの友だち。医者。太っている。心身ともに不調なラスコーリニコフを診察する。

ポルフィーリイ（ポルフィーリー）・ペトローヴィチ

予審判事。三十五歳ぐらい。痔もち。下戸。とても頭が切れる。犯人はラスコーリニコフだと見抜き、三度にわたって心理戦を仕掛ける。現代を生きるわれわれからすると、「物的証拠を集めろよ」と言いたくもなるが、じわじわと揺さぶりをかける論戦は『罪と罰』の読みどころのひとつ。

イリヤ・ペトローヴィチ

通称火薬中尉（怒りっぽいから）。警察署の副署長。われわれの推理では重要人物だったのだが、実際はそうでもない。

アレクサンドル・グリゴーリエヴィチ・ザミョートフ（アレクサンドル・ザメートフ）

警察署の下っ端で、ラズミーヒンの友だち。「ラスコーリニコフが怪しいんじゃないかな、ちがうのかな」と思っている。

アルカージイ・イワーノヴィチ・スヴィドリガイロフ（アルカージー・スヴィドリガイロフ）

借金を肩代わりしてくれたマルファ（後述）と結婚。子どもたちの家庭教師として、ドゥーニャを雇っていた。マルファが死んだあと、ドゥーニャを追ってサンクトペテルブルグにやってくる。悪い噂が絶えない男で、彼のまわりには死者の気配が濃厚に漂っている。第三部からの登場だが、圧倒的な存在感を放つ。

マルファ・ペトローヴナ

スヴィドリガイロフの妻。ルージンの遠縁。ドゥーニャをとても気に入っていた。ワインを一本あけたあと、水風呂を使って死亡。しかし、スヴィドリガイロフが殺したのではないかという疑惑がある。多額の財産を遺す。

プラスコーヴィヤ・パーヴロヴナ・ザルニーツィナ（プラスコーヴィヤ・ザルニーツィナ）
ラスコーリニコフの下宿の大家さん。娘はかつてラスコーリニコフと婚約していたが、病死した。

ナスターシヤ・ペトローワ（ペトローヴナ）
ラスコーリニコフの下宿の女中さん。スープなどを作って運んできてくれる。

ミコライ・デメンチェフ（デメンチエフ）
ペンキ職人。ラスコーリニコフの犯行時、兄貴分のミトレイとともに、下の階の部屋のペンキを塗っていた。そのせいで殺人の嫌疑をかけられ、自白してしまう。

アンドレイ・セミョーノヴィチ・レベジャートニコフ（アンドレイ・レベジャートニコフ）
マメ父一家と同じアパートに住み、ルージンに部屋を貸している。「進歩派」らしく、男も女も、結婚後も自由に恋愛すべきだとの持論を展開する。ソーニャを好ましく思っているようで、窃盗の罪を着せられそうになった彼女を助け、ルージンの悪だくみを粉砕する。

記憶の謎と謎の影絵

吉田浩美

はじめにおことわりしておくと、私は自分の「記憶」がいかに曖昧（あいまい）でぼんやりしていて、その上「嘘つき」かということを知りませんでした。

自分はまだ、記憶力が良い方だと思い込んでいたのでした……ああ。

だから、この『罪と罰』を読まない」という企画が持ち上がったとき、何も知らない他の三人と座談会をするにあたっても、私はみんなよりアドバンテージがある、みんなの推理が迷走しても正しい道筋に導けると、ひそかに信じていたのでした。

その小さな自信は、私があるテレビ番組で『罪と罰』のあらすじを影絵で見た事によるものです。

そもそも、『罪と罰』について自分が認識していたのは、「貧乏な学生のラスコー何とかがお婆さんを殺してお金を奪い、罪の意識にさいなまれながら逃げていたのだけど、心の綺麗なソーニャという女性に救われていく話」といったものでした。

ぜんぜん違う……。

影絵では次々と思いもよらないあらすじが語られました。ふ〜ん知らなかったなぁ、と強く心に刻まれたのでした。

その記憶のまま、私は自信を持って座談会にのぞみ、次々とガイドのようなことを試みたのでした。

さて、今回、この本を作るにあたって、この影絵を紙上で皆さんにご紹介できないものかと、私の記憶を頼りに探し出した番組を、担当編集者のOさんと一緒に「NHKアーカイブス」さんで見せて頂くこととなりました。

わくわくドキドキしながらモニターの前に座り、画面に映し出された影絵を見て、動揺しました。何か、自分の記憶の影絵と違うような……。しかし、見ているうちに「これだったかな」という気もしてきました。動揺を隠し、同席しているOさんには笑顔で「面白いですね」などと話しかけてみるものの、どうも釈然としません。う〜

ん……と記憶を探っているうちに、わずか十五分にも満たない短い影絵は終わってしまいました。

三回くらい見るうちに、ふとあることに気がつきました。この影絵、マルメラードフも、ドゥーニャも、ラズミーヒンも出てこない。私の記憶って、いったい……。

「未読座談会」で、間違った情報をまことしやかにリークしてしまった自分。マルメラードフの人となりを自信を持って解説してしまった自分。ドゥーニャの婚約者にまで言及していた自分……。

記憶って普通は抜け落ちるものではないのか？　何故、何故、増えている？

ということは、私が見た影絵はこれではない別のものなのか……。

謎は深まるばかりです。

ごめんなさい。皆さん。私のいい加減な情報で推理を混乱させてしまいました。

つきましては、このあとのページで『罪と罰』の正しいあらすじをご紹介したいと思います。そのあとに、「読後座談会」が続きますが、まだ読んでいらっしゃらない方は、ここでひとまず本を閉じ、私たちと一緒に『罪と罰』本編を読了して頂くか、あるいは、正しいあらすじをお読みになってから、「読後座談会」をお楽しみください。

写真提供:NHK

ご注意ください！これより『罪と罰』本編の内容をご紹介いたします。

チューい！

『罪と罰』あらすじ

◉第一部

七月のはじめ、ひどい暑さのなか、ラスコーリニコフはサンクトペテルブルグの町を歩いていた。貧乏で、大学を除籍になった彼の頭のなかは、「ある考え」でいっぱいだった。

その考えを実行に移すべく、ラスコーリニコフは近所に住む金貸しの老女を訪ね、部屋の様子などを下見する。とはいえ心は揺れ動き、酒場に寄ったラスコーリニコフは、そこで酔っぱらいのマルメラードフと出会う。マルメラードフは初対面のラスコーリニコフ相手に、己れの人生や家庭生活について長々と語り倒すのだった。

マルメラードフを家へ送り届けたラスコーリニコフは、一家の激貧ぶりを目の当たりにして驚き、手持ちの金をこっそり置いて、自分の下宿へ帰る。そのまま ぐーすか眠りこけていたら、下宿の女中ナスターシャが、郷里の母親からの手紙を持ってきてくれる。

手紙によると、妹のドゥーニャがルージンとの結婚を決めたとのこと。ラスコーリニコフは、ドゥーニャが家計や家族のことを考えてルージンと婚約したのだと推測し、「この結婚、兄として断固反対する！」と決意を固める。

町をふらふらさまよいつつ、「友だちのラズミーヒンの家に行こうか、どうしようか」などと考えていたラスコーリニコフは、疲れから藪に倒れこんで寝入ってしまう。そして、幼いころに見た光景――農民たちに鞭で叩き殺される馬と、それを必死で止めようとする幼い自分――を夢で追体験する。

目が覚めたラスコーリニコフは、「ある考え」を実行に移すのはやっぱりやめよう、と思う。そう決めてしまえば、すがすがしい気持ちになり、下宿に帰るためにセンナヤ広場を通る。ところがそこで、「金貸しの老女の妹リザヴェータが、家を留守にする時間帯がある」という情報を小耳に挟む。運命が大きく変わった瞬間だった。

翌日の夕方、ラスコーリニコフは金貸しの老女のもとへ行き、「ある考え」＝殺人を実行する。しかし、留守のはずのリザヴェータが、折悪しく帰ってきてしまう。しかたがないので、リザヴェータのことも殺す。

場当たり的な犯行ゆえ、数々のピンチに見舞われつつも、ラスコーリニコフはなんとか自分の下宿に帰りつく。

◉第二部

証拠品をどうやって隠そうかとあわあわするうち、疲れと空腹から、またもやぐーすか眠りこけていたラスコーリニコフは、警察に呼びだされる。早くも犯行が露見したかとびくつきつつも出向いていくと、下宿の家賃未払いで大家に訴えられただけだった。

警察署は、「金貸しの老女&リザヴェータ殺人事件」の話題で持ちきりだった。警察官たちの会話を聞くうち、ラスコーリニコフは卒倒してしまう。

「俺は疑われている」と、ますますびくつくラスコーリニコフは、ほうほうのていで警察署を出て、老女から奪った金品を資材置き場に隠す。その後、ラズミーヒンを訪ねたラスコーリニコフは、下宿に帰ったとたん寝こむ。

気がつくと、ラスコーリニコフを心配したラズミーヒンが、医者のゾシーモフを呼んで看病してくれていた。そこへ、妹ドゥーニャの婚約者であるルージンが訪ねてくる。「なんかいけすかないやつ」と、互いに悪感情を抱くラスコーリニコフとルージン。

少し体調が回復したので、ラスコーリニコフはまたも町をさまよう。「犯人は現場へ戻る」の法則を地で行き、金貸しの老女のアパートへも寄ってみる。その帰り道、馬車に轢かれたマルメラードフを発見。

ラスコーリニコフの指示で自宅に担ぎこまれたマルメラードフを見て、一家は騒然となる。近所に住むマルメラードフの娘ソーニャが、臨終の場に駆けつけてくる。ラスコーリニコフは葬式代を置いて、マルメラードフ家を辞するのだった。

ラズミーヒンの家に立ち寄り、連れだって下宿に戻ったラスコーリニコフ。そこでは、郷里からサンクトペテルブルグにやってきた母プリヘーリヤと妹ドゥーニャが、彼の帰りを待ち受けていた。

◉第三部

ドゥーニャは、「ルージンと会う際には同席してほしい」とラスコーリニコフに要請する。ラズミーヒンは、会ったばかりのドゥーニャに心惹かれる。ラスコーリニコフとラズミーヒンは、「対ルージン戦線」で共闘することにする。ルージンのケチぶりを知り、その人柄に対してますます疑念が深まったためである。

ラスコーリニコフは、自分が捜査当局から疑われているのか否かを知りたかった。そこで、ラズミーヒンをうまく誘導し、予審判事ポルフィーリーの自宅を一緒に訪ねる。

ポルフィーリーは、ラスコーリニコフに心理戦を仕掛ける。そこで明らかになるのは、ラスコーリニコフが以前に書いた論文の内容である。それは、「すべての人間は『凡人』と『非凡人』にわけられる。凡人は法を踏み越える権利を持たず、従順に生きねばならない。しかし非凡人は、法を踏み越える権利を持つ」というものだった。

つまり、「選ばれた人間（英雄など）は、思想や己れの信ずる道を実現するにあたり、だれかを殺してもかまわない」ということだ。ラスコーリニコフは、そういう（余人にはなかなか賛同しがたい、中二病的な）信条に基づき、金貸しの老女（と、ついでにリザヴェータ）を殺したのである。

むろん、ラスコーリニコフは犯行を認めたりはしない。ポルフィーリーとの論戦を終え、千々(ちぢ)に乱れる心で下宿に戻った彼は、もう何度目であろうか、眠りこけた。

目覚めると、来訪者が勝手に部屋に入ってきていた。かつてドゥーニャが家庭教師をしていた家の主人、スヴィドリガイロフだった。

◉第四部

スヴィドリガイロフはドゥーニャに「ホの字」で、サンクトペテルブルグまで追ってきたのだ。彼はラスコーリニコフに、ドゥーニャとの面会を仲介してほしいと頼む。スヴィドリガイロフには、妻のマルファを殺したのではないかという疑惑があり、ほかにも悪い噂に事欠かないので、ラスコーリニコフは警戒して「うん」とは言わない。

スヴィドリガイロフは、マルファがドゥーニャにいくばくかの財産を遺したこと、ルージンとの婚約を解消すれば、自分もドゥーニャに一万ルーブルを進呈するつもりであることを告げる。

ラスコーリニコフはラズミーヒンとともに、プリヘーリヤとドゥーニャの宿泊先を訪ねる。ルージンと対決するためだ。ルージンが母と妹をとことん下に見ていることがわかり、ラスコーリニコフは激怒する。ドゥーニャもルージンに対し、はっきりと婚約破棄を言い渡す。ラズミーヒンは喜び、ドゥーニャが手にするマルファの遺産などを元手に、一緒に出版業を立ちあげようと夢を語る。

ラスコーリニコフはソーニャのアパートへ行き、自身の罪を半ば告白する（ソーニャはぼんやりさんなので気づかない）。聖書の「ラザロの復活」のくだりを朗読してもらったラスコーリニコフは、「いっしょに行こう！」とソーニャに持ちかける。ソーニャはわけがわからず、戸惑うばかりだ。

そんな二人のやりとりを、スヴィドリガイロフがたまたま、隣の部屋で盗み聞きしていた。

ラスコーリニコフは再びポルフィーリーを訪ね、警察署で二度目の激しい心理戦&論戦が繰り広げられる。そこに、ペンキ屋のミコライが突入してきて、「金貸しの老女を殺した」と自白するのだった。

◉第五部
ドゥーニャにふられ、ラスコーリニコフに侮辱されたと感じたルージンは、小者ぶりをいかんなく発揮し、ソーニャに窃盗の罪を着せることで、いやがらせをしようと思いつく。
マルメラードフの妻カテリーナは、夫の葬式後の会食を自宅アパートで開いた。ラスコーリニコフも招待されてやってくる。タダ飯にありつけるとあって、アパートの住人をはじめ、貧乏な人々が大勢つめかけ、会食は大変な騒ぎとなる。

ルージンはそのさなかに乗りこんでいき、ソーニャが盗みを働いたとでっちあげる。絶体絶命のピンチを救ったのは、ルージンに部屋を貸しているレベジャートニコフだった。レベジャートニコフはソーニャの無実を証言し、ルージンは逃げだしていく。

ラスコーリニコフはソーニャのアパートで、ついに犯行を告白する。ソーニャは激しく動揺するも、「いっしょに苦しみを受けに行きましょう、いっしょに十字架も背負いましょう！」と言うのだった。

そのころ、カテリーナは頭がおかしくなり、幼い子どもたちを連れて、路上でフライパン片手に歌っていた。ソーニャとラスコーリニコフがなんとかアパートに連れ帰るものの、血を吐いたカテリーナは壮絶な最期を遂げる。

スヴィドリガイロフが現れ、カテリーナの幼い遺児が孤児院に入れるよう、また、ソーニャが娼婦をしなくてすむよう、金の工面をする、と言う。

◉第六部

ラスコーリニコフは、下宿を訪ねてきたポルフィーリーと、三度目にして最後の心理戦&論戦をする。ポルフィーリーはさりげなく、自首するようながす。もし自殺するなら、ミコライのやってもいない罪が晴れるよう、真実を書いたメモなりを遺すように、とも言い添える。

居ても立ってもいられない気持ちになったラスコーリニコフは、酒場でスヴィドリガイロフと会う。なぜソーニャたちに救いの手を差しのべるのか、なにをどこまで知っているのか、はっきりさせたかったからだ。また、ドゥーニャのことも守らねばならなかった。しかし、スヴィドリガイロフはのらりくらりと追及をかわし、話し合いは決裂する。

ドゥーニャはスヴィドリガイロフの部屋へ行く。手紙で、兄ラスコーリニコフの犯罪についてほのめかされたからだ。スヴィドリガイロフはドゥーニャをかき口説くが、ドゥーニャは彼の愛を徹底的に拒み、部屋を出た。失意のスヴィドリガイロフは、いかがわしい界隈(かいわい)をさまよい歩き、安ホテルに泊まった翌朝、ピストル自殺する。

一方、ラスコーリニコフはその日、それとなく母と妹に別れを告げたのち、ソーニャのアパートへ行った。ソーニャから糸杉の十字架をもらったラスコーリニコフは、センナヤ広場の地面にくちづけし、自首するために警察署へ向かう。

◉エピローグ

「八年の強制労働」という判決が下ったラスコーリニコフは、シベリア送りとなった。ソーニャもついてきた。

シベリアで過ごして一年が経ったころ、ラスコーリニコフとソーニャは、「おたがいの心のなかに、相手の心に命を与える、つきることのない泉がわき出て」いることに気づく。ラスコーリニコフは、「観念にかわって生命が訪れてきた」と感じるのだった。

読後座談会

というわけで、『罪と罰』を読み終えた四人は、ふたたび都内某所に集い、それぞれが読んだ文庫本と、読みながら控えたメモとノートを机上に並べ、立会人による開会宣言を待たずして、なしくずし的に話し始める。最初の話題は、読書会に選定された二種類の翻訳本の、どちらを読んだか——。

三浦　私は光文社古典新訳文庫を読んで、そのあと新潮文庫もだいたい読みました。
岸本　私も新訳を選びましたが、新潮文庫もちょくちょく参照しました。しをんさん、付箋（ふせん）がすごい。
三浦　気になるポイントが沢山（たくさん）あったので。
岸本　受験勉強みたい。
浩美　私は新潮文庫です。
篤弘　僕も新潮文庫を読みました。
浩美　じゃあ、最初にひとことで感想を言うと、どうでした？

三浦　面白かった！

岸本　私はね、人当たりした（笑）。人、多すぎ、しゃべりすぎ。

三浦　あと、出てくる人がみんな頭おかしい。

岸本　おかしい、おかしい。まともな人が二人ぐらいしか出てこなかった。

三浦　え、誰がまともでした？

岸本　ラスコの妹はわりとまともじゃなかった？

三浦　えーっ、妹もおかしいよ。

岸本　いや、比較の問題でね（笑）。

三浦　カテリーナさんのことは、まともだと思った。

浩美　え？　カテリーナさんって誰だっけ。

三浦　ソーニャの義理のお母さん。マルメラードフの後妻です。

岸本　うん。私、あの人、すごく好き。

三浦　カテリーナさん、いいですよねえ。

岸本　あのはじけっぷり。

三浦　最高と言っていいでしょう。

浩美　最後、血吐いて死ぬところ、すごかったよね。

三浦　もう私、泣いちゃったですよ。カテリーナさん絡みのシーンが大好き。あと、スヴィドリガイロフ。

岸本　ああ！　大好き！

三浦　サイコー！　「なにこの人、超面白い！」って内心で叫びながら読んだ。

浩美　うちでは、「スベ」と呼んでました。

三浦　スベ（笑）。いいですよねえ、スベ。素敵だった。

岸本　もしかして、みんな好きな人、スベ？

三浦　はい。一番はスベです。

岸本　私もスベ。だって、一番謎(なぞ)が多くない？

浩美　私は――うーん、スベが一番かなあ。どうだろう。

篤弘　いや、好きっていうか、この人がこの小説の鍵ですよね。

浩美　私、最初は登場人物が多すぎて覚えられないんじゃないかと思ってたんだけど、読んでみたらそんなでもなくて、わりにすんなり読めた。

岸本　まあ、そうね。百何十人とかではなかったからね。

篤弘　あと、本編で経過する時間が二週間くらいで、われわれの推理どおり本当に短くて驚いた。

浩美　あまりにも短くない？

三浦　そのうえ、ラスコときたらしょっちゅう失神してますから。ラスコの意識がある時間だけ勘定すると、たぶん正味五日間くらいですよ。

岸本　しかも、ラスコが寝ているあいだにいろんな人が出入りして、客はみんな部屋に入っちゃってるし、戸締まりはしてないし。

三浦　戸締まりは気になりましたね。

浩美　ほぼしてなかったよね、戸締まり。

三浦　あと、ご近所すぎませんか？　みんな近所に住んでて知り合いなの。サンペテって村なんだろうか。

岸本　すぐ集まってきちゃって、『男女7人夏物語』みたいな感じ。

三浦　あいつなら俺の親類だよ、あいつなら俺の友だちだよって、みんなつながってる。

篤弘　だから、街のスケール感がもうひとつ摑めなかった。なんとなく狭い感じがして。現実にはどうだったのかな。

三浦　光文社の新訳版には、一巻の巻末に地図が載っているんですよ。これを見ると、サンペテにはそれなりの規模があるんだけど、この小説の舞台は、小さな横丁といった感じのようです。

岸本　でもラスコの田舎がどこだったのかは、結局よくわからなかった。

浩美　サンペテまで出てくるのが遠くて大変だって、ラスコのお母さんの手紙に書いてありましたよね。

三浦　（手もとのノートを見て）「ラスコの村から駅まで九十キロ、そこからサンペテまで千キロ」です。

岸本　（三浦のノートを横から見て）すごい、人物別の索引になってる。コピーして欲しいレベル。なにこれ、「マルメラードフのマはマゾのマ」（笑）。「間がだいたいいつも一分」。

（一同、笑）

三浦　気になりませんでした？

岸本　一分って書いてありましたっけ？

浩美　ああ、書いてありましたね。一分ほど経ってから、とあって、次の行動に移る。

三浦　そう。ドストの間って、だいたい一分なんですよ。大事なシーンだと五分とか書いてある。ちょっと長くなるの。一分も相当長いと思いますけど、五分って、この人たちどれだけボーッとしてるんだ、と思いましたよ。

ニコルソン・ベイカーだった。

篤弘　僕はノートをとるのも忘れちゃうくらい夢中になって読んだところが、一部につき必ず一カ所はあって、そこはものすごく文章が活き活きとして、映画的、映像的で。ただ、説明的な場面になると、ちょっと辛（つら）いところもありました。

岸本　基本的に、登場人物にセリフで説明させる方式だよね。

三浦　会話の相手がその場にいるんだけど、一人で延々としゃべるんですよね。

岸本　そもそも、マルメラードフが酒場で出会ったばかりのラスコ相手に、むっちゃ語るでしょう。

浩美　あそこがまた、長いよねえ。

岸本　いきなりかましてくれたなドスト、って思った。

三浦　たしかに、第一部はやや読みにくかったです。「セリフで説明方式」に慣れていないから。でも、それを越えると断然面白い。誰かがバーッと説明ぜりふを言って、まわりの人は黙って聞いている。これって人形浄瑠璃のつくりにとても似ているなと感じました。

岸本　泉鏡花にもちょっと似てません？　おばあさんが出てきて、「まあ、お聞きなさい」とか言って語りだす感じ。

三浦　そうですね。私たちの感覚からすると、たしかに会話文の処理が洗練されていないように見えるんですけど、いまの小説みたいな形になったのがごく最近で、しかもそれは、映像や映画からの影響もかなり大きいと思うんです。現在よく見かける、セリフの掛け合いとアクションで物語が動いていくようなスタイルが確立される前の文章表現は、こういうものだったんじゃないでしょうか。

岸本　ドストエフスキーの同時代人って、日本では誰なのかな。

三浦　幕末ですし、鶴屋南北あたりだろうか？

篤弘　ええとですね（と自分のノートを確認し）、『罪と罰』の執筆が一八六五年ごろで、南北の『東海道四谷怪談』はそこから四十年遡（さかのぼ）った一八二五年。馬琴の『南総里見八犬伝』はさらに遡って一八一四年に刊行開始。同じ時期というと黙阿弥の『白浪五人男』が一八六二年で、『罪と罰』の三年前が初演ですね。ちなみに、カフカの『変身』は『罪と罰』からおよそ五十年後の一九一五年です。

三浦　なるほど、たしかにカフカの小説は、『罪と罰』に比べると新しい感じがします。

篤弘　『罪と罰』は一八六五年の七月九日あたりに殺人が起きるという設定のようで、日本ではちょうど一年前の一八六四年七月八日に新撰組の池田屋事件がありました。坂本龍馬が寺田屋で襲撃されたのは、『罪と罰』の次の年の一八六六年。この二つの事件に挟まれています。

岸本　この小説が出てきた当時、どれくらい衝撃的だったのかな。だってすごくリアルじゃない？描写が異常に細かくて。私、ドストエフスキー読むの初めてなんですけど、大作家だし、古典的名作だし、なにしろ長大な小説だから、ものすごく壮大なスケールの話なのかと思ったら、むちゃくちゃニコルソン・ベイカーだった（笑）。

一同　ああー（と同意）。
岸本　ええと、皆さんご存じですか、ニコルソン・ベイカー。
篤弘　もちろん、知ってますよ。岸本佐知子訳で読みましたから。
浩美　『中二階』とか『もしもし』を書いた作家ですよね。
岸本　はい。製氷皿ってすごいよね、とか、ミシン目ってなんて偉大な発明だ、とか、そういうもののすごく細かい日常のディティールをミクロ的細かさで書いていく作家なんですけど、ドストの手法も基本それじゃないかと。たとえば、老婆を襲いにいく前後の、頭の中の目まぐるしく変わる心理を全部書いてるし、あと、上着の下に凶器の斧(おの)を吊るす輪っかを作ったりして。チクチク縫いものなんかしてる。
三浦　あれ、おかしいですよね。
浩美　自分でコツコツ縫いつけてるところ、おかしくて笑っちゃった。
三浦　どうしても斧じゃなきゃいけなかったんですかねえ。結局、計画していた斧は手に入らないでしょう。
篤弘　女中がいて持ち出せない。たまたま別の斧が手に入るけど、用意周到なのか行き当たりばったりなのか、逆にそういうところがすごくリアルだった。
岸本　犯行後は、ラスコ、ちゃんと斧を石鹼(せっけん)水で洗ったりする。あと、被害者の血がついた靴下！

三浦　血のついた靴下をどうしようどうしようって、あわあわする。

岸本　挙句、靴下握りしめて眠りこんじゃったり。もうベイカー的ポイントがいっぱいあって笑っちゃいました。

篤弘　たしかに殺人の場面は、もちろん怖さも迫力もあるんだけど、それに続く第二部の頭はひたすら滑稽だった。びびったり焦ったりを、ものすごく細かく書いてる。

岸本　ラスコ自身が小心者でちまちましてるし、それを書いてるドストも細かい。

三浦　この小説、ピカレスクって言えますかね。言えないですよね。

岸本　言えない、言えない。

三浦　殺したことをなんとも思わない主人公なのかなと予想してたのに、ぜんぜんそうじゃなかったですね。

篤弘　ピカレスクはもっとクールで、こんなにボロは出さないよね。でも、これってわざと書いてますよね、ラスコの信念が脆弱に見えるように。

三浦　うん、そうですね。

篤弘　ドスト自身がピカレスクになりきれないというか、良心が邪魔してピカレスクが書けていない――というか、そもそも書こうとしてない。

三浦　してないですよね。ドストは明らかに、ラスコが抱く「真の世界の到来のためには、金貸しのばあさんを殺してもよし」という思想を批判しているように読めます。私、革命を起こそうとしている人が主人公なんだろうと思っていたんだけど、ドストはそれも否定してる気がする。どちらかというと保守的ですよ、ドストは。

岸本　なんていう人だったか、進歩思想の登場人物をかなり揶揄(やゆ)してなかった？

三浦　ソーニャの罪を晴らしてくれる人ですね。コミューンみたいなのをやっている男、レベジャートニコフ。

岸本　ルージンが間借りしてる人ね。

三浦　レベジャートニコフが、「お嫁に行きたい」と言ってて驚きました。

岸本　え？　聞き捨てならない（笑）。

三浦　私のノートには、「変だよ、こいつも」ってメモしてあるんですけど。

岸本　あ、ほんとだ。「ぼくはときどき、お嫁に行けたらなあ」って書いてある！　読み落としてた。

浩美　お嫁って（笑）。

篤弘　もしかして、ドストは検閲を気にするあまり本当のことが書けなくて、ところどころこういうおかしなことが書いてあるのかなって思ったんだけど。

浩美　というか、ああでもあるしこうでもあるし、って、最初からひとつの意見がない感じだよね。

三浦　ただですね、新潮文庫の下巻の解説に、「ドストエフスキーは『罪と罰』で人間の本性を忘れた理性だけによる改革が人間を破滅させることを説いたのである」と書かれているんですよ。たぶんドストは、死刑が直前で回避されて、シベリアで聖書とか読んでるうちに、思想に基づく社会の改革といった理念ばかりでは駄目だ、人間本来の何か、あるいはキリスト教の教えに立ち返って社会を変えていくしかない、みたいに思ったんじゃないですかね。

岸本　まあでも、まさにそういう話だよね、『罪と罰』って。

三浦　だから、ドストはラスコに対して批判的だと思います。むしろソーニャなんじゃないですかね、ドストの気持ちが向いているのは。

浩美　でもさ、ソーニャって意外と出番が少ないし、どうして崇め奉られるのか、もうひとつわからなかったんだけど。

岸本　「ああ、神さま」しか言わないよね（笑）。あと、自己評価低すぎ。

浩美　ラスコは知り合って間もないソーニャに、自分の罪をこの人に告白しようとすぐ決めるでしょう？　あれはどうしてなの。

三浦　浩美さん、それはソーニャが好みのタイプだったからですよ！

浩美　あ、その好みのタイプで思い出したけど、ラスコって大家の娘と婚約してたでしょう？　その娘は容姿がみにくいってドストが執拗に書いてましたけど、私、ソーニャはすごくかわいい容姿なんだろうなって想像してたんですよ。でも、読んでみたら、じつはそうでもないみたいで。だから、意外にも顔で選んでないのよ、ラスコは。

三浦　つまり、大家の娘も好みのタイプだったのかもしれませんね。ルージンと一緒で、ラスコは「恵まれない境遇の女萌え」なのかも。

岸本　ああ、ちょっと下流の女をね。でも、ソーニャって、エピローグのシベリア収容所で囚人にすごい人気なのよ。

三浦　そうそう、囚人がみんな、「ソーニャさん、キャッキャッ」みたいになってる。私は、「ああ、この女、ついに教祖になりおった……」と思ったですよ。

篤弘　ソーニャって、実際に会うとすごいオーラが出てるんだよ、きっと。

岸本　最後、ほとんど聖母になっちゃってるよね。

三浦　ラスコに聖書を朗読してあげるじゃないですか。あそこの描写とかも、明らかにソーニャがおかしいんですよ。読んでるうちにブルブルしてきちゃって、声も金属音みたいになるんです。

岸本　そうだったっけ。

三浦　すごいですよ。神がかりみたいになっちゃうの。あんまりすごいから、新潮文庫も比べ読んでみたほどです。

浩美　新潮文庫もそうなってたよ。金属音になってた。ラスコに読み聞かせてるところでしょう？「ラザロの復活」のところね。

三浦　そう、第四部です。いよいよラザロが復活するあたりで、これでラスコもきっとキリストの奇跡に打ち震えるに違いないって、もう自分が打ち震えてるの。そのシーンに差しかかる前から、ソーニャは期待でワナワナしちゃってる。かなり変な人ですよ。

岸本　（読み上げる）「さながら金属音のように甲高くなり、勝利と喜びがその声にこだまし」って、たしかにおかしいな。

三浦　たぶん、この熱狂力にラスコもシベリアの囚人たちも丸めこまれたんです。

岸本　そして、シベリア発祥の怪しい宗教が生まれる。

浩美　でもね、丸めこまれるのはこの場面だけど、ラスコはその前にもうソーニャに告白しようと決めてたのよ。それが、どうも納得いかなくて。

三浦　本音かどうかはわからないけど、ラスコの説明によると、ソーニャも娼婦に身を落として自分自身を殺した人だから、殺人を犯しているに等しい、つまり、自分と同じ殺人者だ、という理由で告白しようとするんですよ。

浩美　それ、説得力、弱くないですか。

三浦　だから、ほんとは単に好みだったんだと思います（笑）。

篤弘　そういえば、ラスコが大家の娘と婚約したのは、家賃を踏み倒すための偽装じゃないかと、われわれは推理してたけど、第六部で、ラスコが本の中に亡くなった彼女の肖像画を挟んでいたのがわかる。そして、「彼女の心に、いろいろと知らせたんだよ」というようなことを言う。あれは意表を衝かれて、ちょっとグッときてしまった。

浩美　それは、ラスコが意外にいい人だったってこと？

篤弘　その場面まで、大家の娘については言及がなくて、不意に本から肖像画を取り出すんだよね。

岸本　私はね、同じところを読んだとき、この人は死んでいる人しか好きじゃないのかなって、ちらっと思った。

篤弘　でもね、ラスコって、酒場で出会ったばかりなのに、酔いつぶれたマルメラードフを家まで送り届けて、お金まで置いてくる。男とか女とか関係なく、虐げられている人に対するシンパシーは一貫しているんじゃないかな？　群衆に虐待される馬の夢を見たりするし。

三浦　この小説のポイントのひとつは、マゾヒズムだと思うんです。いまおっしゃったところも、そこにすごく関わっていると思う。

篤弘　ああ、なるほど、そういうことか。

三浦　つまり、苦しみに快楽を見出すこと。苦しんでいる誰かを見るのが快楽だし、自分が苦しむのも快楽だし。もちろん、馬が苦しんで殺されそうになっていて、少年のラスコが、やめてよやめてよって思うのは、良心の表れでもあるけれど……。

浩美　苦しんでいるのを見るのが快楽になるのは、サドじゃないの？

三浦　そこは裏表でもありますから。

篤弘　そうだね、サディスティックな要素も随所に感じられる小説だった。

三浦　マルメラードフは明らかにマゾですけどね。

岸本　あ、さっきの「マルメラードフのマはマゾのマ」。

篤弘　マルメラードフは奥さんに叩かれてたよね。

三浦　はい。「わりと悪くもないんですよね、へへ」みたいなことを言ってる。そのノロケ、やめんかいって（笑）。

浩美　マルメラードフは明らかに喜んでたけど。

三浦　虐げられていたり、ちょっと不細工だったりする人に過剰に思い入れをするラスコには、自分もその立場になりたい気持ちがあるんだと思うんです。気持ちよさそうだ、俺もああなりたいって思っているんじゃないかって、私にはそう読めました。

篤弘　ラスコ自身は「虐げられている」とは思ってないのかな。

浩美　だって、イケメンだし。

三浦　まあ、顔だけの問題じゃないですけどね（笑）。

篤弘　一方、サディスティックな快楽を好んでいるのが、スヴィドリガイロフなのかな。
岸本　妻を鞭で打ったりしたんだよね。
浩美　スヴィドリガイロフのＳはサドのＳ（笑）。
三浦　スベは完全にＳですね。一方、ラスコはＭ的な立場にいる人たちへの共感が行動のベースにあると思うんです。
岸本　最後になって、ラスコの公判中にいきなりあれこれ善行が出てくるじゃない。ラスコが施しをしたとか、火事で人を助けたとか。え？　そんな話、聞いてないけどって思った。
三浦　初耳でしたよね。どうせ、「火事場あちぃーっ。でも、それがちょっと気持ちいいー。ついでに人助けしとこっと」くらいの話だったにちがいないですよ。たぶん、ラスコは虐げられたい人なんだと思う。
篤弘　それは、ラスコーリニコフという主人公に顕著なことなの？　それとも、この時代のこの街全体が抑圧されていて、マゾヒスティックじゃないと生き残れないってこと？
三浦　いや、ラズミーヒンなんかは、ＳとかＭとか関係ないですからね。
浩美　ああ、ラズミーヒンはたしかに。
岸本　ラズミーヒンは修造だよね。私、読んでるあいだこの人がずうっと修造の声で再生されちゃって、困ったんですよ。

浩美　え、修造って、松岡修造さん？
岸本　元気出そうよ！（と声色を真似る）
三浦　あはは。とにかく暑くるしいの。いえ、修造じゃなくラズミーヒンのことですが。いい人なんでしょうけど、私、ラズミーヒンがほんとイヤだった。
岸本　あのね、これは邪推なんですけど、主人公であるラスコが病気っぽくて、そのうえ、話の途中でいきなり帰ったりするでしょう？
三浦　やめてほしいですよね、あれ。みんなを心配させて。
岸本　で、お母さんにしょっちゅう「あなた、どこ行くの」とか言われてる。だから私、読んでいるあいだ「いきなり帰るマン」っていうあだ名をラスコにつけてたんですよ。
（一同、爆笑）
岸本　で、ラスコがそんなヤツなんで、彼に任せておくと話が進まない。それでドストは修造を出したんじゃないかと。主人公が不在でも、うまーく回してくれるし。
浩美　修造は、ラスコが寝ているあいだに、お金の始末もつけて古着屋に行って――。
三浦　服も一式、整えてくれて。
岸本　しかも古着は「一着買えば来年はタダ」とか、意味がわからない。
三浦　ロシアの古着屋のシステム、謎ですよね。

岸本　どういうんですかね、誰か説明してほしい。

浩美　ていうか、ラズミーヒンがこんなに活躍するとは思わなかったよね。最初、馬の名前じゃないかって予想してたし。

岸本　あと、ラスコの親友とか書いてあったけど、そんなに仲良くもないし。

浩美　ラスコのほうがそれほどでもないのかな。

三浦　あ、でも、最後のほうになって、廊下でラスコとラズミーヒンが見つめ合う場面、好きでした。妹とお母さんを頼むよ、って言うところ。

岸本　ランプのそばでね。あそこ、いいシーンだった。

三浦　ラズミーヒンも、もしかしてラスコが犯人なのかと、かすかに気づいている感じもあって。でも、先まで読むと、やっぱり気づいてない。ほんと、ラズミーヒンってどこまでも察しが悪いんだよなあ。

浩美　これはもう、絶対気づいてるって思ったよね。

岸本　やっぱり、私たちの感覚が速いリズムのフィクションに慣れているから、そう思っちゃうのかもね。だって、ラスコが思わせぶりに、「次に来たとき、誰がリザヴェータを殺ったのか教えてあげるよ」ってソーニャに言うけれど、それってもう半落ちじゃない。なのにソーニャは、「え、誰なの？」とか言ってる（笑）。

三浦　まったく気づかない。どうして犯人を知ってるの？　なんて言って、ソーニャもすこぶるニブチンですよ。

篤弘　たぶん、ラズミーヒンがラスコの挙動不審を読み誤ったのは、ラスコが「革命」にはまりこんだ、と思いこんでるからじゃないかな。

岸本　そうか、何か政治的陰謀に巻きこまれてるんじゃないか、って言ってたよね。

三浦　あったあった。そうですね。ラズミーヒンはそれを心配してるんだ。

篤弘　こっちは、殺人事件を中心に読んでるけど、ラズミーヒンは終始、別のことを気にかけていたんですよ。

三浦　なるほど、「ラスコ、妙な思想にかぶれたんじゃあるまいな」とラズミーヒンは思ってたのか。あと、「頭の調子は大丈夫なのかな？」という心配もあるだろうけど。

岸本　だって、ラスコは犯行のあと、会う人会う人みんなから「様子が変だ」と言われてるでしょう。

三浦　私たち、ラスコの様子が変じゃなかった時代を知らないから、どの程度の落差があるのかがよくわからないんですけどね。

浩美　なんか病気になっちゃうところが、かわいいなと思っちゃった。

三浦　ラズミーヒンも一見まともそうで、充分変です。ドゥーニャに会うから、おしゃれをしたいんだけど、できない男心。そんな浮かれぽんちな俺は許せない、と中学生のような自意識過剰ぶりを発揮しています。

浩美　ひさしぶりに聞いたなあ、浮かれぽんち（笑）。

三浦　（朗読を始める）「彼は着替えをする段になると、いつもよりも入念に服をチェックした。着替えの持ちあわせはなかったが、もしあったとしても、それを着ることはしなかったろう。《そうさ、意地でも着るもんか》」。

浩美　修造、なぜそんなに頑（かたく）ななの？

岸本　露骨だから？

三浦　はい。ドゥーニャに、「この人、私に会うためにおしゃれしてきたのね」って思われたくないのです。「《このままで行こう！　あちらさんは首をかしげるだろう、おれが髭（ひげ）を剃（そ）ったのは、はて、さてって……そうさ、そう考えるにきまってる！　そうさ、ぜったいに剃るもんか！》」。――いや、剃れよ、ひげぐらい！

浩美　（ちょっと隣を覗（のぞ）いて）相方のノートにも、「ラズミーヒンの一人しゃべりが、かなりヤバイ」って書いてある。

篤弘　一人でボケて一人でツッコむのが、うっかり声に出ちゃってるんだよね、この人。

三浦　「こんなひとりごとにふけっているところへ」、ゾシーモフがやってくる。実際に声に出しちゃってたんだ、修造（笑）。

メンチカツとカテリーナ。

三浦　ルージンのひげが「メンチカツ」みたいって書いてあったのも、気になりませんでしたか？

浩美　新潮文庫では「カツレツ」でしたよ。

三浦　どっちにしろ、揚げ物にたとえてる（笑）。

浩美　原書ではどうなってるのかな。

岸本　そこ、英訳では“mutton chops”（骨付きのヒツジ肉）ってなってますね。英語ではよくある表現みたいです。しかしひげも変だけど、ルージン自身はどうです？　小細工が全部すべる男。

三浦　ルージンのケチっぽさはすごいですよね。迫真のケチぶり。

岸本　私、途中からスティーブ・ブシェミで脳内再生されたんで、意外にルージンが主人公のスピン・オフもありじゃないかと思った。

三浦　あ、いいですね。ブシェミ＝ルージンの「出世したいんだけどうまくいかない物語」。

浩美　そういえば、「メンチカツ」で思い出したけど、前に岸本さんが言ってた「気になる訳語」

のひとつ、「黒山の人だかり」を新潮文庫版で見つけました。

浩美　え、なんですか、それは。

三浦　日本人は髪の毛が黒いから、「黒山の人だかり」でいいけど、翻訳の場合はどうなるのか、という問題です。

岸本　三大使いたくても使えない訳語があってですね、それは「黒山の人だかり」と「カマボコ兵舎」と「富士額（ぴたい）」。

（一同、笑）

三浦　ああ、新訳のほうにもありました。こちらも「黒山の人だかり」ですね。

岸本　え？「黒山」解禁？　あと、「俺の目の黒いうちは」とか「噴飯（ふんぱん）もの」とかも、使っていいものかどうか迷いますね。

三浦　そうか。うーん、慣用表現っておそろしいなあ。

浩美　あとね、ぜんぜん関係ないけど、このポチンコフってさ――（笑）。

三浦　危ないなあ、ポチンコフか。

浩美　「ポチンコフのアパート」っていうのが急に出てきて、思わず付箋つけちゃった（笑）。

三浦　ほんとだ、付箋ついてるっ（笑）。

岸本　しかも横っ貼り（笑）。

三浦　最重要の付箋の貼り方してますよ、浩美さん。誰でしたっけ、ポチンコフって。

浩美　アパートって言ってるから、建物の名前じゃない？

篤弘　いや、ポチンコフは人の名前だよ。二、三回出てくる。

浩美　あ、そうなんだ。

岸本　あと、二つの訳文で違いがあったのは、ドイツ訛りの言葉づかいで、新訳ではドイツ人のセリフを外国訛りっぽく訳してるの。

浩美　あ、そうなんですね。

岸本　最初に出てくるのは、犯行の翌日に呼び出しがかかってラスコが警察署に行く場面。ケバめの女の人が事情聴取されていて、その人がドイツ人なんですよ。しかも、これが作家が出入りする店のママってことになってるんだけど。

三浦　第二部ですね（とページをめくる）。「つよいドイツ語なまりながら、さながらエンドウ豆を散らすような、生きのいいロシア語で、婦人はべらべらやりだした。『シュキャンダル、ぜんぜんありません、あの人たち、来たときから酔っぱらってたんです。あらいざらい申すけど、大尉どの、わたし、ちっとも悪くないです……大尉どの、うちの店、上品ですよ、客の応対も上品です、大尉どの、わたし、いつも、いつも、自分でも、シュキャンダルって大嫌いです』」。

岸本　光文社古典新訳文庫版だと「シュキャンダル」。新潮文庫版では「スキャンダル」です。
篤弘　新潮文庫版では、ドイツ人が訛ってるところはなかったと思うなあ。
岸本　新訳では、カテリーナの大家さんもすごいドイツ訛りなんだよね。
三浦　ドイツ人に対するドストの偏見がひどいですよね。でも、大家さんのところはドイツ訛りがむっちゃおかしかった。大家さんの片言っぽいドイツ訛りとカテリーナのイッちゃってる感じの応酬が、もう爆笑でしたもん。悲惨すぎて笑ってる場合じゃないんだけど。
岸本　カテリーナが完全に壊れて、フライパン叩きながら、幼い子供たち連れて大道芸のような――。
三浦　物乞いのようになっちゃって。
岸本　私、カテリーナさん大暴れのシーンが、この作品全体の一番のクライマックスと言ってもいいぐらい好きだったんです。
三浦　もうほんとかわいそうだし、でも笑っちゃうし、カテリーナさんのシーンがすごくいい。
岸本　カテリーナのところだけ、南米文学っぽいんですよ。
三浦　ああ、わかります。あの熱狂感がね。
岸本　ガルシア＝マルケス感がある。

三浦　暑さにやられると、みんなああなっちゃうのかな……。
岸本　酒も飲みすぎてるしね。南米的に極彩色な人間模様の葬式。
浩美　読み始める前まで、まさかサンペテが暑いとは思わなかったんだけど。
岸本　いきなり、一行目ぐらいで「暑い」って書いてあった、サンペテの夏。
浩美　何かで読んだんだけど、カテリーナにはドストの亡くなった奥さんが反映されてるんだって。
岸本　こんなキャラだったの？
三浦　ドストの亡き奥さん、超魅力的な女性なんですねえ。
篤弘　ちなみに、ラストシーンのソーニャには、ドストが第六部の途中から口述筆記を頼んだ若い女性の面影があるらしいとか。ドストは、その女性と恋に落ちて再婚したそうです。
三浦　はは一ん、なるほど。
篤弘　エンディングで二人が希望を持って大地に立つのは、新しい恋の影響ではないかという説もあって。
岸本　あらま。それがなかったら、もっと暗い感じになってたんだ。
三浦　ドスト、はっちゃけてますよね。マメ父の法事のシーンも大好きでした。誰だかわかんない貧乏な人たちがぞろぞろやってくる。いいよねえ。
岸本　墓地には誰も来ないのに、食事が出ると聞いたら、みんなやってくる。

三浦　あと、カテリーナさんが瀕死のマルメラードフに、「お黙んなさいっ！」と言うところもひどくて好き。馬車に轢かれて運ばれてきたのに、「お黙んなさいっ！」ですよ。

岸本　カテリーナさん、ほんといいよね。

篤弘　この葬式の場面って笑っちゃいました？

三浦　笑いました。「たいへーん！」って、読みながらしょっちゅう言ってましたもん。

浩美　でも、そういう小説だとは思ってなかったよね。

三浦　そうですね。もっと重厚なのかと思ってました。

篤弘　ドストは明らかに笑わそうとしてるよね。

三浦　絶対、エンターテインメントとして書いてますよ。次の展開への引きの強さといい、個性的な人物たちといい。

篤弘　この面白さからすると、思想的な語りの部分は必要だったのかなと考えさせられる。

三浦　ただ、それこそ人形浄瑠璃もエンタメですが、登場人物が自分の思いや考えを一人でワーッとしゃべりますからね。

篤弘　ああ、たしかに似てる。

岸本　人形浄瑠璃には地の文ってあるの？

三浦　あります。

岸本　そこは、こんなには語らないんだ。

三浦　いえ、風景描写もすれば、人物の内面に踏みこむこともあるので、小説の地の文にわりと近いと思います。たとえば、「やっぱり殺そう」ってセリフのあとに、「と言っているけれども、この人にはほかの意図がありそうで」――というように。ただ、「やっぱり殺そう、と太郎は思った」などと、登場人物の内心の独白を地の文で語ることは、あまりない気がしますね。そういうのは、一人語りに近いセリフとして吐露されることが多いです。『『やっぱり殺そう』。そう言って、太郎は駆け出していったのだった」という感じに。

浩美　『罪と罰』と浄瑠璃や歌舞伎を比べると、どんな印象？

三浦　時代という点では、それこそ『東海道四谷怪談』で書かれている貧しさとすごく似てますね。社会のどん底にいる都市生活者の描き方とか、あとは、やっぱりセリフの処理ですよね。

浩美　あくまで印象なんだけど、歌舞伎のほうがより残酷で救われない話が多いように思うんだけど。

三浦　私たちがいま見ている歌舞伎はいいとこ取りで、全編やらないことが多いじゃないですか。『白浪五人男』だって、全部見ると普段掛けられている幕のイメージとはだいぶ違います。『罪と罰』も、盛り上がるシーンのみを切り取って、見せ場として舞台に掛けたら、結構、歌舞伎や人形浄瑠璃と似ているかもしれませんよ。

ポルフィーリー、コロンボ、愛之助。

浩美　一人語りが長い、ということで思い出したんだけど、ポルフィーリーがラスコを尋問するところ、あれって『刑事コロンボ』でしょう。

岸本　そう、『コロンボ』。私のメモにも書いてある（と見せる）。

浩美　ポルフィーリーもコロンボも相手が犯人だと確信があるんだけど、そのことには触れずに、まったく関係ない話をするよね。ちょっと今日はお腹の調子が悪くって、とか。それでじわじわ追いつめてゆく。

岸本　最初に犯人が出てくるところも『コロンボ』方式ですね。

篤弘　どうも、『刑事コロンボ』が世に出たとき、すでに『罪と罰』との類似性を指摘されてるみたいだけどね。

岸本　あ、そうなんだ。意外にちゃんとミステリしてるなと思ったところがあって、ラスコが犯行のあと、ドアが開けっ放しだったことに気づいて、うっかり閉めちゃうところね。鍵を中から掛けたとたん、外からガチャガチャってノブを回す音がする。「中に人はいない」ってドアの外にいる誰かが言うんだけど、「いや、中にいる」って別の誰かが言う。

浩美　中から掛け金を掛けているから、「いるはずだ」って指摘するんですよね。あのあたり、ちょっとドキドキした。

三浦　どうやって逃げるのかと思ったら、よかった、ペンキ屋がいて、と。

岸本　あのペンキ屋二人のキャッキャウフフは謎ですけどね（笑）。

三浦　「やめろよぉ、おい」なんて戯（たわむ）れている（笑）。

浩美　私がわからなかったのは、ペンキ屋が自白するでしょう。あれ、衝撃的だよね。犯人はラスコなのに、「自分がやりました」って名乗り出るなんて。

篤弘　そこで第四部が終わって、もう先を読まずにいられなくなる。この展開をドストはどう処理するんだろうと少し心配になった。

岸本　ペンキ屋は狂信者だったから、とか書いてなかった？

浩美　宗教的な理由でしたよね。

三浦　どんな宗教なのか、いまいちよくわからなかった。警察に責められて、やった気になっちゃったんじゃないのかなあ。

浩美　やってないんだけど、つい、そう言ってしまった。

篤弘　第六部で、ポルフィーリーがラスコに自首をすすめるとき、自分がやったと一筆入れておけ、みたいなことを言うでしょう。あれはペンキ屋の冤罪（えんざい）を回避したかったんじゃないかな。

浩美　ポルフィーリー、なんか、いやらしい言い方だったよね。
岸本　私、ポルフィーリーはずっと片岡愛之助で再生されてました。
三浦　あはは、なんかわかります、それ。
岸本　どこか慇懃無礼な口調で。
浩美　ポルフィーリーがラブリン？
岸本　ちょっと違った？　ごめんね（笑）。
三浦　ポルフィーリーって、じつは若いんですよね。
浩美　三十五歳なんでしょう？　それで思い出したけど、新訳版のポルフィーリーは「へ！　へ！　へ！」とか言ってました？　新潮文庫版では、何度も「へ！　へ！　へ！」って言ってるんだけど。
岸本　えー、言ってないよ。愛之助と思ったくらいなんだから。
三浦　愛之助さんは、「へ！　へ！　へ！」って言わないでしょうね。
浩美　なんか、常に「へ！　へ！　へ！」って言ってるのよ。（読み上げる）「がんと、斧の背でね、へ！　へ！　へ！　脳天にですよ、あなたのみごとな比喩によればね！　へ！　へ！」「へ！　へ！　皮肉な人ですよ、あなたも」（笑）。
三浦　あ、新訳だと、「はっ、はっ！」って言ってます。犬か？

岸本　たぶん体温調節ができないんですよ。

三浦　うん、ベロを出してる感じ。

浩美　私はそのページ、「コロンボか、おまえ」って付箋が貼ってある。

三浦　ポルフィーリーはここで、重大な告白もしています。「……痔もちなもんですから……」。

「……」が余韻深い。

浩美　しをんさん、「痔もち」に丸つけてるよ。

岸本　大事なポイント。

三浦　「体操でなんとか治してやれってわけでして」。役人たちはみんな、すすんで縄跳びをしてる。

岸本　縄跳び、痔に悪そうだけど。

三浦　脱腸にもなっちゃいそうですよねえ。こういうところを削除してくれれば、三分の一ぐらいの長さになりますよ、この小説。

岸本　意外に若いっていえば、年齢で一番びっくりしたのは、リザヴェータ。三十五歳！

三浦　私より若いじゃんか。

岸本　しかもリザヴェータ、しょっちゅう妊娠してたとか、いろいろ衝撃的なことが、ついでのように書いてあるよね。

三浦　ついでのように「しょっちゅう妊娠」って、どういうことなんだ。

岸本　フォローなし。

三浦　その話、もっと聞かせておくれよ、ドスト！

——ちなみにドストエフスキーが遺した『罪と罰』の創作ノートでは、当初リザヴェータは妊娠した状態でラスコーリニコフに殺されるという設定だったようです。六カ月ぐらいの子供がお腹にいるというイメージです。

三浦　ひどい。死刑だな、ラスコは。

岸本　なんかね、八年ていうのが納得いかないよね。

浩美　最後のほうになって、情状酌量の材料を急に出してましたけど。

三浦　あれってぜんぜん別件ですよねえ。

岸本　「いい人だから」って、違うだろう。

三浦　蜘蛛（くも）を助けたから天国行かせてやるよ、みたいなことでいいのかい！

スベ主人公の、別の小説を読みたくない？

浩美　しかし、まさか、スヴィドリガイロフが自殺するとは思わなかった。

岸本　私は、ラスコがスベに強請（ゆす）られて仕方なく自首するのかと思って読んでいたんだけど、違うじゃない。そこが一番びっくりだった。でも、スベってほんとに謎で、マルファっていう金持ちの奥さんを殺したのかどうか、あれもわからない。

三浦　そこですよ。どうなんでしょう、真相は。

浩美　殺したんじゃないですか。スベが毒薬の話をしたってドゥーニャが言ってたし。

三浦　ドゥーニャはそう言ってるんですけど、本当なのかなって。

篤弘　三人称の小説なのに、一人称的な推測でさらっと書いてあったりするんだよね。そういうところ、巧いというか、ずるいというか。

浩美　スベの生活は全部奥さんの財産で成り立ってたんでしょう。

三浦　奥さんに金で買われたようなものですからね。借金を立て替えてもらって。

篤弘　スベ主人公の、別の小説を読みたくない？

三浦　読みたいです。

岸本　スピン・オフ、超希望。

三浦　どっちかというと、ラスコはどうでもいいや。

篤弘　スベの人生はどうであったのかという真実が知りたい。

三浦　スベのほうが素敵だし。

岸本　スベが死ぬところ、すごく美しくなかった？

三浦　はい。スベ絡みのシーンは、どことなく幻想小説の味わいがあって、素晴らしいです。

岸本　そこだけ霧深い感じがするよね。

篤弘　ルージンがスティーブ・ブシェミなら、スベは誰だろう。

三浦　ヴィゴ・モーテンセンはどうでしょうか。

岸本　あ、いいかも。

浩美　ああ、ヴィゴ、ぴったりだね。

三浦　うふふ、超素敵！　ほら、もうみんなスベの虜(とりこ)ですよ。

浩美　ヴィゴのあのなんとも言えない色気がね。

三浦　しかも変態くさいでしょ、絶妙に。

岸本　なにか釈然としない感じとかね。

三浦　そう、女の人が「この人ちょっと危ないな」と思いつつ、素敵かもって魅了されちゃう感じ。

浩美　かっこいいとかじゃなくて、ダダ漏れるフェロモンにやられちゃう感じだよね。

三浦　スベは女たらしですけど、ラスコは童貞なんですかね。

岸本　推理では「悪所通い」とか言ってたけど、違ってたね。

浩美　ソーニャとも、身体の関係はなかったみたいだし。

岸本　童貞くさいよね。

浩美　二十三歳ですよ。

三浦　第四部で、ソーニャの末路についてラスコが予想するところがあるじゃないですか。要約すると、「三通りある。自殺か、発狂か、性の快楽に溺れるか。三つ目が一番おぞましい」ってことなんですが、超キモくて、童貞っぽいって思った。地の文でも、「(彼は) まだ若く抽象的でもあったから」と、童貞感をほのめかされてるラスコ。あと、女遊びについてスベからもつつかれてたし。

浩美　第六部で、ラスコとスベが会うところね。

三浦　(読み上げる)「あなたはどうも、女遊びっていうのが興味の的のようですね」。(ページをめくり)、「は、は、は！　驚きましたよ、ラスコーリニコフさん、まあ、そんなとこだろうと、まえから思っていましたがね。あなたが女遊びと美学の講義をしてくださるとは！」。童貞のくせに生意気、みたいな言われようです。

岸本　ラスコは自分の気分でいつも頭がいっぱいなんだよね。基本的にラスコの世界って、他者がいない。私、だから、グッときたシーンのひとつは、ラスコが初めてソーニャに心から打ち明けて、そしたら急に「不幸な感じがした」っていうところ——。

浩美　どのあたり？

岸本　第五部の最後のほうなんだけど、それまで自分一人しかいない、どこまでも「俺」の世界だったのに、初めて世界の中に他者が生まれて、他者が生まれると急に淋しくなる。何か人間に一歩近づいた感じがして。「彼は自分のすべての希望が、すべての活路が、ソーニャひとりにかかっていると感じていた。その苦しみをいくらかでも軽くしたいと思っていた。ところが今、彼女の心がこうしてすべて自分にそそがれてみると、彼はふと、自分が前よりもはるかに不幸になったと感じ、そのことを意識したのだった」と。なんかね、おっラスコ一歩人間に近づいた、って思った。

岸本　うん、いいシーンだよね。

浩美　『罪と罰』って結局、ラスコがやっと人になる、みたいな話だと思うので、ここ、すごくいいシーンだなと思ったんですよ。

岸本　ただささ、ラスコってうきうきした気分が、急に変わっちゃったりするじゃない？

浩美　そう。「急に気分変わるマン」だよね。ラスコって、「いきなり帰るマン」＆「急に気分変わるマン」なのよ。

岸本　私、これもそういう気分の変化みたいなものかな、って読んでいたんだけど。いまわかった。

浩美　そうだね、岸本さんが言うようなことだと思う。

三浦　加えて、ラスコは満たされないのが嬉しい派ですから。「満たされちゃってシュン」という面もあるかもしれないですね。

岸本　もっと苦しみたかったのに。

三浦　もっと苦しみたかったのに、ソーニャは俺に心のすべてをそそいでくれちゃった、シュン、かもしれない（笑）。

岸本　苦悩フェチっていうのはあるよねえ。

三浦　なおかつ、哀れな境遇フェチでもあるという。

岸本　もうひとつ面白かったのは、ラスコの母と妹が田舎から出てきて、最初は、ルージンとの婚約が破談になったらどうしようと気を揉んでオロオロしていた母が、マルファさんの遺産が三千ルーブル入るってわかったとたん、急にルージンに居丈高な態度になるところ。

三浦　あんたなんかに、うちの娘はやれないよ！　と言わんばかり。

岸本　なんなの、この現金なおばあさん（笑）。そのうえ、息子にはデレデレで異常に溺愛してるでしょう。

三浦　田舎の長男ってこんな感じですよ。

岸本　甘やかされっ子だよね、ラスコは。総領息子でね。

三浦　国を問わず、母親は息子をちやほやするんだなと思いました。

岸本　まあ、ただでさえ息子のほうがかわいいっていうもんね。

三浦　すごくわかるなと思いました。お母さんってこうですよ。

岸本　妹がすごい美人っていう設定なのに、娘もかわいいけど、息子はもっときれいとか。結局、娘は金蔓（かねづる）というか、自分の生活の安定のための道具としか思ってなくないですか。

三浦　娘はいずれ、私の世話をしてくれるのだろうか、というのが大事なんですよ。

岸本　そこがちょっとね、個人的にむかつきポイント（笑）。

三浦　ドストは母親ってものをよくわかってるなあと思いました。ただ、ちょっと育て方間違ってますよ、お母さん。息子さんが「いきなり帰るマン」になっちゃってます。

岸本　あと、ラスコってこんなヤツなのに、みんなに親切にされるでしょう。そのくせ、「ほっといてくれ」ってすぐ言う。「一人にしといてくれマン」でもあるのよ。

浩美　論文がボツになったと思いこんでたんだけど、じつはちゃんと載ってたんだよね。それが、あとになってわかったりして。

三浦　「ちょっと抜け作マン」。それで、「編集部に連絡して原稿料もらったほうがいいよ」って誰かにアドバイスされてませんでした？　ポルフィーリーかな。

岸本　意外と具体的なアドバイスをする愛之助。

スヴィドリガイロフの「永遠」。

浩美　ラスコが、いよいよ警察に自首しようとするところで、「スヴィドリガイロフが自殺した」って話を聞いて、驚いて部屋から飛び出しちゃうでしょう？　よろよろした足どりで階段を下りてくると、そこにソーニャが待っていて、ラスコの顔の前で両手を「パン」って打ちあわせる。

岸本　はい、はい。

浩美　あそこ、なんで手を叩くのかなあ（笑）。

三浦　操っているんじゃないですか、自分の信徒を。ソーニャはすでに教祖さまなのです。

浩美　それまでのキャラと違うよね。ソーニャはおどおどしたキャラだったのに。

篤弘　自首の前に、ラスコがセンナヤ広場で大地にくちづけする場面もそうだよね。ソーニャがちょっと離れたところからじっと見てる。あのあたりから、ちょっとおかしかった。

三浦　まじ怖いですよ、ソーニャ。

浩美　あれ、ラスコってソーニャに言われたときにはやらなくて、思い出したように急に大地に接吻するでしょう。

三浦　「急に気分変わるマン」ですからね。

岸本　素直じゃないから、そのときはやりたくないんですよ。

三浦　やっぱり、ソーニャのことをしょせんは娼婦だと思ってるから、こんな娘の言うとおりにはしない、と。

岸本　業腹なんだな、ラスコ。

三浦　言われたとおりにしたと思われたくない、と思ってる。だけど、じつはソーニャにすっかり操られている。

岸本　後ろから見ていて、「よしっ、接吻した」。

三浦　「ふふ、彼はもう私の洗脳下にあるわ」

浩美　でも、センナヤ広場の地面って、きっと汚いよね。

岸本　酔っぱらいばっかりの街だしね。通りを歩く人が全員、風呂に入ってない。

三浦　そういえば、入浴の描写がなかったですね。

岸本　まあ、日本人が風呂に入りすぎなのかもしれないけど。イギリスなんか、ヘンリー何世だったかが「一生に一度は風呂に入るべし」っていうお触れを出したくらいだし、前に一九六〇年生まれの作家の半自伝的小説を訳したんですが、子供のころはどの家にも風呂は基本なかったって書いてありました。

浩美　じゃあ、たらいとかに水を溜めて？

三浦　もしくは、小川で泳ぐとか。銭湯もないでしょうからね。

浩美　ああ、昔はそうだよね。宮本武蔵も川とかですませてた（笑）。

岸本　武蔵も臭そうだよね。

篤弘　『罪と罰』は、風呂だけじゃなくて、さっぱりすることとか、和（なご）やかなこととかが、ほとんど出てこなかった。

岸本　風呂は全部酒に変換されてるんですよ。「ああ、風呂入りたいなあ」が「ああ、酒飲みたいなあ」になってる。

三浦　スベが最後の晩、ホテルに泊まるじゃないですか。

浩美　ネズミが出てくるホテルね。

三浦　「ああ、またネズミか」という受け止め方だし、もちろん風呂もシャワーもついてない。そこから察するに、ラスコの部屋にも風呂はないでしょうね。

浩美　あのホテル、部屋に五歳くらいの女の子が隠れていて、スベがおかしな体験をするでしょう？

三浦　すごく怖いシーンでした。ちょっとホラーっぽいんですよね。

岸本　五歳なのに、性的なんだよね。顔つきが「フランスの娼婦みたい」だ、とか。

浩美　私もあの場面、怖かったけど、あれはスベのロリコン趣味の表れなの？

篤弘　あそこはどう読んだらいいんだろうね。『罪と罰』に出てくる夢のシーンって、どれも深層心理をあらわしているように思えるから、いろんな解釈ができそうだけど。

浩美　この期に及んでロリコンの夢？　というか、「俺のせいじゃない、少女が誘惑するから悪いんだ」っていう、スベの言い訳みたいに読めたんだけど。

篤弘　たしかにスベは殺人犯かもしれないし、少女を辱めたりっていうのはあったかもしれない。だけど、この夢のシーンでは、そういったことを「自分でも忌ま忌ましいことだとわかっていた」とドストが弁護しているようにも読めた。ただ、たしかにこの男、最後の最後まで何やってるんだっていうふうにも読める。

三浦　でも、やっぱりスベ絡みのシーンは、幻想小説みたいで全部好きだなあ。幽霊がいるかどうかラスコと問答を始めたり、死んだ下男がパイプを持ってきたり、亡き妻のマルファが隣に座ってカード占いをしたり。最後の夜にホテルでスベが見る夢も、とてもうつくしい。あと、永遠は蜘蛛の巣が張った風呂場のようだ、という名言！

浩美　私もそこに付箋貼った。第四部。

岸本　素晴らしいよね、そこ。

浩美　永遠というものがどんなものか、スベが自分の言葉で説明してる。新潮文庫だとこんな感じ。

三浦　「ちっぽけな一つの部屋を考えてみたらどうでしょう。田舎の風呂場みたいなすすだらけの小さな部屋で、どこを見ても蜘蛛ばかり、これが永遠だとしたら」。

浩美　うーん、これは新しい。昔に書かれたものだけれど、きわめて新しい。素晴らしいな……。

三浦　ところで、どうなんでしょう。結局、スベは殺ったんでしょうか。私は殺ってないような気がするんですが。

浩美　奥さんのマルファ？　それとも十四歳の子？

三浦　十四歳の女の子も、マルファも。

浩美　偶然、自分のまわりの人たちが次々に死んでゆく、ってこと？

三浦　十四歳の子に手は出していたのだとしても、無理やりかどうかはわからないし。少女はスベとの関係を苦に自殺したのかもしれないけど、少なくともスベはマルファさんを殺ってはいないと思うんですよ。

岸本　でも、マルファさんが借用証書を返したら、すぐに変死したって、思わせぶりだよね？

三浦　ただ、スベは、「一年前に返してくれて」って言ってるんです。

岸本　ああ、一年経ってるんだ。

三浦　だからマルファの死は、証書を返した直後じゃないんですよ。

浩美　それにしても、この小説、人が死にすぎない？　この短期間に。

篤弘　それでちょっと思ったんだけど、たとえば、カテリーナさんが亡くなるところで、いきなりスヴィドリガイロフがラスコのそばに来ていて、「あなたの耳に入れておきたいことがあります」みたいなことを言うでしょう？　ここ、突然フレーム・インしてくる感じで、あれ？スベって、この部屋にいたんだっけ、と思ったくらい。

岸本　死神っぽいよね。

篤弘　臨終の場面にいつのまにか現れてる。

三浦　「そうした顔ぶれのなかに、いきなりスヴィドリガイロフが姿を現した。ラスコーリニコフは、驚いてそのほうを見やった。どこから現れたのかわからなかったのと、往来の人だかりに彼の姿を見かけた覚えがなかったからだ」。

篤弘　読んでいて、はっとなった。このあたりから、スベはどこか超常的な存在なのかも、と思うようになって。スベは、ラスコがソーニャに告白するとき、隣の部屋で立ち聞きしてるわけだけど、ドストはなぜ、こういう設定にしたのか。そのあとの流れを追ってゆくと、ラスコを強請るんじゃなく、ドゥーニャをおびき寄せるための材料になってる。だけど、それでドゥーニャの人生が大きく変わっていくなら、スベに盗み聞きさせるのは意味あることなんだけど、結局、そうならない。じゃあ、なんで盗み聞きさせたんだろうと考えるうち、スベはラスコの影のようなものなのかな、と思った。

浩美　光と影、ネガとポジみたいな。

篤弘　ラスコが嵐の中、サンペテをさまよって自殺しようとしていたとき、同じ時間にスベも自殺を決意しているでしょう。

三浦　ラスコは結局、生き残って自首する。ソーニャの存在があったからですね。

篤弘　スベは死神のような印象で登場して、この物語にある悪魔的なものを全部吸い上げて引き受けて死んでゆく。それで、ラスコは死なないですむ。そういうことなのかな、と。

岸本　ラスコは純化されたわけだ。

三浦　スベはラスコのデトックス装置なのか、かわいそすぎる。誰かスベを助けてあげて。

篤弘　あとね、ラスコとソーニャが二人で話していて、それを死神のようなスベが隣の部屋で聞いているのが、なんというか、聖なる絵みたいに見える。その構図が。

浩美　ああ、受胎告知のような――。

篤弘　そう。レオナルド・ダ・ヴィンチが描きそうな絵。だから、全編を通してそのシーンが一番印象的だし、スベという男がすごく重要だと思う。この人がいなかったら面白さが半減してた。

岸本　そうね。

三浦　後半はスベが物語を引っぱっていく感じですものね。

篤弘　特に最後の自殺に至る一連の流れは、もう本当にすごいとしか言いようのない文章で。

三浦　あそこは本当に面白いし凄みがあります。

浩美　死ぬところもいいけど、その前にドゥーニャを自分の部屋で襲う場面があるでしょう。

三浦　『罪と罰』で一番好きなシーンだった！

岸本　気がつくと、鍵かけちゃっててね。

三浦　どうしても自分を愛してくれないのか、とスベがドゥーニャに迫る。ドゥーニャ、修造とラブラブしてる場合か、スベのほうが断然いい男だろって思いましたよ。だって、ドゥーニャは田舎でスベとちょっといい感じだったはずなんですから。

篤弘　たしかに、どこか心を許していなかったら、一人でスベの部屋にやってこないよね。ただ、ドゥーニャはスベをピストルで撃つからね。

浩美　でも、ちょっとかすめただけで。

岸本　そう。ちょっと血が出た。

三浦　エロいですよね。とてもエロいシーンだと思いました。

浩美　スベは、あそこで気持ちが冷めてるのかな。

三浦　いや、違うんじゃないでしょうか。スベはすごくドゥーニャのことが好きだったんだと思います。私はもうスベラブだから、発言がスベ寄りですけど（笑）。ほんとはドゥーニャに殺してほしかったんだと思う。

篤弘　ああ……。

岸本　そうか。

浩美　そうだね。

三浦　でも、ピストルの弾がそれてドゥーニャは撃つのをやめた。そのときスベは一瞬、ドゥーニャを襲おうかと思うんだけど、彼女は自分を殺しもしないし、愛しもしないんだということがわかったから、やっぱり放してあげるんですよ。だって、もうどうしようもないじゃないですか。受け入れてもらえないんだもん。拒絶もしてもらえない。

浩美　なるほど、そうだ。そういうことだ。

三浦　つまり、スベにとってのソーニャはドゥーニャだったんですよ。

篤弘　なるほどね。

三浦　だけど、彼にとってのソーニャ的存在は、彼を許しもしないし、殺しもしないし、愛しもしないんです。まったく関わろうとしてくれない。そうしたらもう、彼は自分で死ぬしかない。でも、ラスコはソーニャに話を聞いてもらえたし、ソーニャに大地にくちづけなさいって言われて、新しい人生の到来を迎えることができた。スベは、それができなかったんです。

岸本　やっぱり、ラスコとスベは裏表だね。

三浦　そうだと思います。結局、スベは「アメリカ」に行くしかなかったんですよ。かわいそうです。だからドゥーニャには、修造を選んでる場合じゃないよって言いたい。

浩美　でも、結婚するなら修造のほうがよくない？

三浦　いや、私だったら絶対スベです。

岸本　あと、なんでみんなまたシベリアに集まるんだろうね。

浩美　なんか修造がすごい画策して、みんなでシベリアで住めるよう頑張ろう、みたいな展開になるよね。

岸本　みんなで住もうよ！　みたいな。どこまで修造なんだ、ラズミーヒン。

浩美　過酷な土地なのに。

三浦　ピクニック気分ですよね。それに関連して疑問だったのは、シベリア流刑（るけい）って女がくっついてっていいシステムなんですか？

岸本　獄中のはずなのに、急にラスコとソーニャが川辺で並んで座ってる。

三浦　ロシアの刑罰のシステムを知りたいですよね。

岸本　あと、間借りのシステムもね。「通り抜けの部屋」ってなんなの。

三浦　部屋の又貸しが多すぎやしませんか。

浩美　鍵も掛けないしね。

三浦　間取りもよくわからない。ソーニャの部屋も、あまりにも鋭角で、その角の奥は暗くて見えないって、どんだけ変形部屋なの。掃除も大変ですよ、そんな隅っちょ。ほうきが入らないです。

岸本　そこはマツイ棒ですよ！

篤弘　あと、さっきのネズミの出るホテルね、あれは当時、サンペテに本当にあったらしいよ。

三浦　泊まりたくないわー。

篤弘　ドストが名前をつけたとかで。でも、ぜんぜん、宣伝になってないよね。

岸本　逆タイアップ。

篤弘　ただ、とても現代的な幻想が描かれてた、あのホテルのシーン。

三浦　夢から覚めたと思ったら、また夢で。最高です！　あの筆の冴えはすごい。

篤弘　いや、書いてよ、しをんさん、スヴィドリガイロフが主人公の小説。

三浦　私じゃとても無理ですけど、書いてみたくなりますよね。

岸本　ほんとに読みたい。

篤弘　タイトルは『スヴィドリガイロフ』でいいよ（笑）。

浩美　でも、この人、われわれの推理では、あまり話題にも上らなかったよね。

岸本　誰なのこの人、ぐらいでしたね。

篤弘　「副主人公」っていう解説もあったみたいだけど。

三浦　そう言いきれるかどうか、ちょっと微妙な気もします。スベは物語の構成上、少々浮いてる感じがする。キャラクターはすごくいいんだけど、登場も遅いし、唐突感はどうしても否めないですよね。

篤弘　ただね、「ラザロの復活」を朗読するとき、ラスコだけじゃなくて、スベもしっかり隣で聞いてる。あれは重要かもしれない。

三浦　ああ、スベもラザロのように復活したいわけですね。でも、できなかった。

篤弘　あれで、より明暗がはっきりする。

三浦　そうですね、たしかに。

浩美　ここ、未読座談会で朗読してもらったけど、すごくいいところを当てたよね。

三浦　どのページが当たっても、いいところばかりだったと言えるかもしれませんが。

岸本　あ、でも、あの階段を上ってくる人、やっぱり捨てキャラだったね。

三浦　イリヤだと思ったんだがなあ。

篤弘　イリヤのことを考えると、読まずに推理するって面白いことだったのかなって思うけど、こうして読んでから話し合うのも、結局、同じように推理していかないと読み解けないよね。たぶん、『罪と罰』が読書会をしたくなるようなテキストなんだろうけど。

三浦　はい。読んだ人それぞれ、謎解きや解釈がいろいろあって。
篤弘　どっちにしろ、探偵的な読みになってしまうのが、なんだかおかしい。

手塚治虫版『罪と罰』。

浩美　手塚治虫の『罪と罰』の話が未読座談会で出ましたけど——。
岸本　読んだの？
浩美　それが、読む前に手塚版は「被害者が一人」って聞いて、相方と論争になったんですよ。リザヴェータを殺してしまったのが重要なんであって、金貸しの老婆だけだなんて、手塚治虫は『罪と罰』をどう読んでるのかしら、って私がちょっと偉そうに（笑）言ったら、喧嘩になっちゃって。
篤弘　読んでないんだけど、手塚治虫を擁護したりして。
岸本　読んでない同士で。
三浦　不毛すぎる（笑）。
浩美　結局最後には、二人とも読んでないんだから言い争っても仕方ないよってことになって。
篤弘　じつは、こういうものを古本屋で見つけたんですけどね（と古びたチラシのようなものを取り出す）、昭和二十二年に大阪で上演された『罪と罰』のお芝居のリーフレットなんですけど、この芝居に手塚治虫が出演していたんですよ。このとき、手塚治虫は学生で、十九歳。

三浦　へえ〜！

篤弘　役者紹介を読んでみてください。

三浦　「關西の漫畫家の中で最も子供に喜ばれるものをかき、小國民新聞、輿論新聞の連載漫畫、更に十數册の單行本を書いた彼は演劇でも一風變つた演技の持主である」。

篤弘　手塚治虫は、このお芝居に出る前の年に十七歳で漫画家デビューしているんだけど、このお芝居に出たときは、『新宝島』とかも出て人気を博したあとなの。これが一九四七年で、『罪と罰』の漫画版を描いたのは、この六年後です。

三浦　ほほう（と手塚版『罪と罰』のページをめくり）、一九五三年十一月五日、東光堂より発行。

篤弘　そのとき手塚治虫は二十五歳で、たぶんトキワ荘で描いたんじゃないかな。

浩美　ちょうど、ラスコと同じぐらいの年齢なんだ。

三浦　「金がほしいために、金貸しアリョーナばあさんをおので殺したのはぼくだ」って、最後のほうのコマでラスコが言ってますね。このコマ、花火みたいなものが上がって、警官隊が来ています。「人民の英雄だ」とか言ってるから、革命が起きたところのようです。群衆がワーッと騒いでいて、「ぼくが殺したんだ」とラスコが言ってるのを誰も聞いてない。面白い改変ですね。コマ割りがほんとにすごいし。

篤弘　手塚版を読んで、物語の背景にある「革命」をドストも書きたかったんだけど、検閲を気にして書ききれなかったのかもしれないと思った。だけど、手塚治虫はあの戦争のあとに『罪と罰』を自ら芝居で演じた経験から、ドストの代わりにそのあたりを描いたのかも、と。

三浦　なるほど、そうかもしれない。そうそう、被害者が一人でも成り立つか、という問題なんですけどね。私、人物別にめぼしい記述を拾ってノートをつくっていったんですが、因業ばあさんについての記述はほとんどないんですよ。たとえば、ラスコは主人公なのでノート五ページ分ぐらいになるんだけど、因業ばあさんは気になる記述がゼロ。「ドスト、ひどい」ってメモに書いてます。

篤弘　まったく愛がないですよね、因業ばあさんに対しては。

三浦　だから、じつはこの小説、被害者が一人でもかまわないってことですよ。リザヴェータだけを殺したっていう話にしても、まったく同じ筋ができる。因業ばあさんの家に押し入ったんだけど留守で、たまたま居合わせたリザヴェータだけを殺してしまった、という展開でも、同じストーリーが成り立ちます。ラスコの中では因業ばあさんはいないも同然なので。

浩美　手塚版は因業ばあさんだけだった。

三浦　そうする場合には、違う話になってきます。リザヴェータとソーニャが知り合い云々という話ではなくなるわけですから。でも、どうせだったら、二人のほうが小説としては盛り上がりますよね。当初の目論見どおり因業ばあさんを殺せたと思ったら、予期せずリザヴェータまで殺してしまって、運命が大きく変わっていく。

岸本　殺害場面も陰惨になるし。

三浦　岸本さんが推理していたとおり、「飛び散る脳漿」的な事態になってましたね。

岸本　かなりスプラッターな感じだった。

三浦　あと、この大部のページをもたせるために、ルージンとドゥーニャの結婚式シーンが延々と続くんじゃないか、って推理したじゃないですか。その予想は外れたけど、代わりにマルメラードフの葬式がすごいことになってた。

岸本　一大スペクタクルな葬式宴会（笑）。

三浦　あれで増ページを図ってましたから。

浩美　半分当たりってことで。

篤弘　ソーニャとラスコの対話が八十ページ続くっていう予想も、四十ページくらいは続いてたね。

浩美　充分な長さでしょう。

岸本　充分すぎるよ（笑）。

三浦　ドゥーニャとお母さんとソーニャの、女同士の関係もわりといいなと思いました。お母さんとドゥーニャはソーニャをどう思ってるのか、いろいろ推理しましたけど、私たちが思ってたより、ドゥーニャもお母さんもソーニャがどういう女性かわかったうえで受け入れてましたね。

岸本　あと、スベの奥さんのマルファさんも、ドゥーニャに惚れこんでいた。

三浦　女の人同士が仲良しですよね。そのへんの描写がすごくよかった。

浩美　私、読む前はソーニャがもっと物語に出てきて、大きく絡んでくるのかなあと思ってたんだけど、本人が出てくるのって第二部の最後のほうっていうか、マルメラードフの臨終の場面に、娼婦の格好でやっと出てくる。

三浦　なんだか、ずたぼろな格好なんですよね。

篤弘　マルメラードフが馬車に轢かれてから絶命するまでのところの文章も本当にすごいって唸った。いまは映画とかテレビでいろんな場面を目にしてるけど、あの時代に、どうやってあそこまで映像的な臨場感が書けたのか、不思議なくらい。

三浦　連載当時から大人気で、みんなが「すげえ!」って夢中で読んだんでしょうね。めっちゃ面白いですもん。マメ父の血がついたラスコが、「全身、血まみれです!」って言うのも、自分が犯した殺人を暗くほのめかしていてスリリングでした。

浩美　そういう暗示みたいなのは、いろいろなところにあるよね。

篤弘　いや、もう暗示だらけでしょう。いちいち読み解きがいがある。

岸本　最後ちかくが復活祭だったりね。

篤弘　そう。だから、基本的に細かいところまで考え抜いてると思うんだけど、そのあたり、ドストに聞いてみたいよね。

三浦　たしかに描写が異様に細かいし、いろんな象徴みたいなものを、ちゃんと考えてちりばめている可能性が高いですね。

篤弘　少なくとも、適当な思いつきで書いたものではないでしょう。

岸本　このへんでマメ父が轢かれるとか、あらかじめ考えてないとおかしいよね。

篤弘　ただ、基本そうなんだけど、外してるところもあって、さっきの盗み聞きが効いてこないというか、効いてこないのが面白いというか。

岸本　そうね。きれいすぎるよね、あれが効いちゃったらね。

三浦　効いちゃうと、こんな偶然あるかよって読者に思われるおそれがある。「なんで、たまたま隣の部屋にいるんだよ」って。

篤弘　だから、あれは効かないから、美しい絵として印象に残るんだと思う。

三浦　そうですね。

篤弘　そう思うと、いまの小説は、それを忘れちゃってるかもしれない。あまりにもすべてに意味やつながりをもたせて、絵の印象が残らなくなってしまった。

あのピストルも伏線ないですよね。

岸本　そういえば、濡れ場がぜんぜんなかったね。

三浦　そのおかげでドゥーニャとスベのシーンが、もう際立って、屹立（きつりつ）してエロい！　あのシーンが図抜けて大好き！

浩美　キターッと思ったよね。

三浦　ちょっとメロドラマ感もあって。愛を受け入れてもらえないと知ったときのスベに、私は欲情した！　報われない人萌え！　……あれ？　ラスコと似たような趣味なのかな、私。いやだな、それは。

浩美　たしかにあそこのドゥーニャは、ちょっとおやって思うよね。

篤弘　あれ？　スベの方へ行くんだ、みたいなね。あ、そういう話なんだって驚いた。あそこだけドゥーニャは言葉づかいもちょっと蓮っ葉な感じで。

浩美　だから、やっぱり、二人は何かあったんだよね。

三浦　間違いありません。ドゥーニャは家庭教師時代、確実にスベに心惹（ひ）かれていたんですよ。

岸本　あのピストルを撃つところって、やっぱりドストは最初から外すつもりで書いてたのかな。

篤弘　そこがわかんないよね。書いてるうちに、やっぱりこれ、ドゥーニャはスベになびかない

なって思いなおしたのかも（笑）。

岸本　最初は強請るつもりで書いてたけど――。

篤弘　いざ、書き出したら――。

三浦　ドゥーニャがぜんぜんなびいてくれなかった。

岸本　あと、スベのキャラにすごい広がりができちゃって。

浩美　ドゥーニャがピストル出しちゃうほうがいいみたいな。

三浦　ピストルについての伏線、なかったですよね。

篤弘　ない。いきなりだよ。

三浦　「それ、もしかして、俺の？」って、スベが驚いてる。

浩美　あれ、修造にもらったんだっけ？

三浦　いえ、唐突に明かされるのですが、かつてスベの家からドゥーニャが持ち出していたんです。

篤弘　あのピストルは、前半でちらっと出しておくと、最高に効くんだけどね（笑）。

三浦　都会にお母さんと二人で来るから、護身用に持ってきた、みたいな伏線があってもいいです

よね。でも、なかった。急にドゥーニャが出してきたピストルについて、スベが説明してく

れるの。「あ、そういえば田舎で、二人で射撃の練習しましたよね」なんて、読者に対して言い訳がましく（笑）。

岸本　セリフ説明方式だからね。

三浦　そこが楽しいんですけどね。読んでいて、「えーっ、こちとら初耳だよ！」ってなる。

篤弘　書いてるドストも「えーっ」と思ったんじゃないかな（笑）。

岸本　でもそういうのが一番面白いじゃない？　自分で書いてて、「えーっ」ていうのが。

浩美　わけもなく、鞭が繰り返し出てきたり。

三浦　鞭ね……。鞭打ちの好きな登場人物が多すぎますよね。

岸本　あ、もしかして、ドスト自身が鞭打たれたことと関係あるのかな？

浩美　ああ、鞭打ちの刑。

三浦　スベも、自分は妻を鞭で打ったのは二回です、とか言ってるじゃないですか。「じつはもう一回あるんですけど、それはまあ、もごもご」なんて、口を濁している。

岸本　そうそう（笑）。

三浦　あれはなんなの。寝室でちょっとやってみたら、わりといい感じだった、みたいじゃない？マルメラードフといい、こっちはそんなこと聞いてないのに、すすんでそういう話をしてくるの、やめてほしいんですけど（笑）。絶対、ドスト自身にSM趣味があったんだと思う。

浩美　当時の読者もきっと面白がってたよね。

三浦　酒場でドストと遭遇した読者が、「あれがドストさんか。夜な夜な鞭を振るわれてるんだろなあ」とか、ひそひそ言い合ったりして。

篤弘　ドストはもちろん、そういう活き活きと書いているところが自分の小説の真骨頂だって、ちゃんとわかってるよね。だけど、それだけでは収まらなくて、ちょっと理屈みたいなことも書いちゃう。その二つが混ざっているから最高に面白いんだよね。

三浦　はい。登場人物が頭の中でくだくだ考えているところも、やっぱり必要なんですよ。「こいつ、また妙なこと考え始めた」って、面白かったもん。

篤弘　一応、まともな人物は、ラズミーヒンに託しているのかなあ。

三浦　そうじゃないですかね。でも、まともすぎて、変に明るい。

岸本　逆に病んでる（笑）。

篤弘　しかも、意外と手が早くて、ラスコの下宿の大家とね――。

三浦　そうそう。

岸本　あれさ、書いてないけど、やっちゃってるよね。

三浦　やってますよ。なのにドゥーニャと出会ったとたん、大家のことはゾシーモフに押しつけて。

岸本　「おまえ、泊まってく？」って。そのうえ、下宿の使用人のナスターシヤにも、ちょっと色目使ったりして。

浩美　だから、やっぱりチャラい男として描いているんだよね。

岸本　うん、チャラ男ですよ。しかも新訳版のほうがよりチャラ男になってたと思う。

浩美　大丈夫かなあ、ドゥーニャ、結婚しちゃったけど（笑）。

岸本　あと、修造がなんかインチキ翻訳みたいなバイトをしてたでしょ。

浩美　あった、あった。

岸本　でね、そこで訳した論文が、「女は人間か？」っていうのよ。

浩美　ひどいよね。

岸本　女は人間か、それとも人間じゃないかってことを論じた本を訳してる。

三浦　（読み上げる）「まあ当然のことだが、女も人間だってことを、それなりに立派に論証している」。――おまえ、馬のくせに、何を偉そうに言ってんだ（笑）。「これを女性シリーズの一冊として出す」。やめて、そんなシリーズ。出さないほうがいいよ、ほんとに。

浩美　でも、なんか、当たるとか言ってるんだよね。「俺は当たる本を知ってる」みたいな。間違いなくウケるよ、って。

三浦　ドゥーニャが棚ぼたで手にした三千ルーブルを元手に――、

浩美　お互い出資して何かつくろう、みたいなね。

岸本　わざわざシベリアでね。

三浦　とにかく、登場人物のおかしなところを挙げたらキリがないですよ。ラスコにしても、ソーニャの義理の妹のポーレンカと仲良くしたりして。抱きついてこられて、「でへ〜」とかなってる。

浩美　ちょっと、いいお兄ちゃんみたいな感じにね。

三浦　「ポーレンカ、ぼくはね、ロジオーンっていうんです。いつか、このぼくのことも、お祈りしてくださいね。『あなたの僕（しもべ）ロジオーンも』って。それだけでいいですから」。ちっちゃい女の子に過剰なお願いをするなよ。

浩美　イケメンだからなあ。

岸本　やっぱり、甘やかされて育ってるから。まわりの人が何かしてくれるって思ってるのよ。

三浦　ほんとですね。神さまへのお祈りまで人に頼んでる。

岸本　しかも幼女に。

三浦　自分で祈れ、ちゅう話だ。

浩美　そうかあ、甘やかされて育つと、そこまで人頼みなんだ。

いま読んでも、ものすごい傑作だと思います。

三浦　どうしてもスベの話になっちゃいますけど、彼はマルファさんの亡霊を見ているわけだから、

浩美　やっぱり殺ってるのかもしれないなあと、いまふと思いました。

岸本　殺した人が幽霊になって出てくるっていうことね。

三浦　下男は殺ったんだっけ。

岸本　下男のことは追いこんだんです。

篤弘　精神的にね。

岸本　ラスコはそういうことに苛まれないのかね？　そういうシーン、あったっけ？

三浦　病気にはなってますけどね。

浩美　具体的にはあまり出てこないですね。

　　　スベに、「あなた、幽霊見ますか」みたいに聞かれて、ちょっとドキッとしてたけど、ラスコって、ポルフィーリーとの対決で、自分が犯人だみたいなことを言っちゃうでしょう。でも、犯人はそんなこと言うわけがない、自分に不利なことを言う俺は犯人じゃないって。現代的だよね、ああいうところ。

三浦　犯人だったら、まさか自分の不利になるようなことは言わないでしょう、という理屈ですね。

岸本　新しさを感じますよね。犯行のあと、病気みたいになって寝てたら、修造たちが来て、「リザヴェータが殺されたらしい」とか言ってるんだけど、それを聞きたくなくて、気をそらすために壁紙の花模様の細部を執拗に観察するの（笑）。

浩美　そのあと、修造と医者が事件の詳細について話し始めると、ラスコは格好つけて寝たふりしてたのに、急にガバッと起きて、「ドアのかげにだって？」と叫んじゃったりして──。

篤弘　あそこは面白いよね。いまどきのコントっぽい。「ドアのかげに、ドアのかげに」って、急に話に入ってくる（笑）。

三浦　激しい食いつきを見せてしまうラスコ。明らかに怪しいよ（笑）。

浩美　あそこ、最高に笑った。

三浦　警察の取り調べ中にも、ふう〜っと気を失ったり。そのせいで案の定、疑われてしまう。

浩美　いちいちおかしいよね。

岸本　こういう作風が、当時、どの程度斬新だったのかっていうのが知りたいな。

篤弘　ドストが『罪と罰』を書き出したとき、イギリスではちょうど『不思議の国のアリス』が出版されてます。

岸本　そうなんだ。

三浦　なんだか、どちらも神経症的な作品のような気がしますね……。

岸本　『罪と罰』は、当時すごく新しかったんじゃないかな、と思ったんだけど。

篤弘　これ、編集者のチェックは入ったのかね。

三浦　入ってないような気がしますね。

浩美　だって、編集者がいたら、もうちょっと整理されてない？

三浦　せめて三分の二ぐらいのページ数になりませんかねって、普通なら言われそうですよね。やっぱり、この作品がどうやって生まれたのかが気になります。『罪と罰』に影響を受けた作品は沢山あるけど、ドストはどこからどう影響を受けて、これを書いたのか。

篤弘　そこだよね。

三浦　当時の小説はどれもこんなにすごかったのか？　絶対違う気がするんですが。

岸本　そう。突然変異で出てきたみたいな。

三浦　超進化系が急にできちゃったような。

岸本　現代の小説の素（もと）が詰まったような作品だと思う。革命だったような気がするんだよね。だから、このひとつ前の典型的な作品がどんなものだったのか知りたい。

三浦　『罪と罰』はたぶん、近代小説と現代小説のあいだですよね。

岸本　その橋渡しのような気がする。だから、長ぜりふとかはまだ粗削りなんだけど、同時にすごく斬新な、いま書いたって言っても通用するような新しさがある。
三浦　いま読んでも、ものすごい傑作だと思います。って、いまさら読んだ私たちなぞが、改めて言うまでもないか（笑）。

本物はもっと変だった。

篤弘　さて、われわれの推理は、やはりベタでしたかね。
三浦　ベタでしたねえ。
篤弘　本物はもっと――なんだろう。
三浦　もっと変だった。
浩美　そうだよねえ。
三浦　小説として変ですよね。でも、そこがやっぱり面白い。そして、恐れていたほど重厚ではなかった。
浩美　うん、意外にね。
三浦　エンタメでしたね。
篤弘　これから読みたいと思っている、とりわけ若い人たちにお薦めしますか？

三浦　私はお薦めしますね。わりとぐんぐん読めて、登場人物もみんな変で面白いよ、って。

岸本　私、ラスコが修造といっしょにポルフィーリーを訪ねたシーンで、自分は疑われているのか、疑われてないのかって、ワーッと考えて、もう二ページか三ページぐらいものすごい長尺で考えたあとに、「ということが稲妻のように去来した」みたいな一文があって、これ、何かに似てると思ったら、江川達也の『東京大学物語』で、頭の中でものすごく長いセリフをしゃべったあとに、「(〇・二秒)」って書いてある、あれそっくりだと気がついたんです(笑)。

三浦　似てる！　ついでに言うと、スベが自殺したとラスコが知るシーン。「ラスコーリニコフは、何かが上から落ちてきて、下敷きにされたような気がした」とのことで、「ドリフか！」と思わずメモしました。

岸本　ラスコは自己中心的でエリート意識があるんだけど、すごい俺様で、小心者で、打算が激しくて。きわめて現代的なキャラだと思いました。自意識過剰で中二病で、あとニート。

浩美　人間的ってことなのかな。

三浦　「サイテーの人間」的(笑)。

岸本　どこまでいっても、「俺」しかいなくて、他者がいない。自分の気分にとらわれすぎのセカイ系。「急に気分変わるマン」で「いきなり帰るマン」。しかも「ほっといてくれマン」、というふうに私の中では総括されてます。

三浦　まさに、的確な総括であったかと。私もノートに「中二病」って書いたなあ。

岸本　このころからあったんだねえ。

三浦　（自分のノートを見ながら）あった。「なんか中二病的」「きさま、いいかげんにせえよ」。

岸本　わかる（笑）。

篤弘　でもね、どれだけラスコーリニコフのことを嫌なヤツだとか、しょうもないヤツだとか言っても――そして、もしかしたらドストエフスキーもそういうふうに読まれるように書いたのかもしれないけど、この「しょうもないヤツ」っていう日本語には愛があるでしょう。そこはやっぱり、『罪と罰』をまだ読んでいない人に伝わったほうがいいよね。

三浦　もちろんです。愛をこめて言おう。愛すべきダメ人間の話だ、と。

篤弘　ただ、読むときは、この長さをある程度、覚悟してもらわないと。

浩美　私と岸本さんは、読みながら「長すぎるよ」って言い合ってた（笑）。三分の一でいいよ、って。

三浦　とはいえ、どこを切るかって考えたら、難しくないですか。

岸本　まあねえ。

浩美　時間をかけて、の～んびり読めたらいいんですけど。

三浦　昔から言われてきたことですが、やはり『罪と罰』を読む最大の機会は、獄につながれたときだと思います。
岸本　ドストは他の作品もこんな感じなのかな。
三浦　さっき、文藝春秋の方に聞いたら、『カラマーゾフの兄弟』のほうが筋もはっきりしてるし、キャラも立ってて読みやすいっておっしゃってました。
浩美　『罪と罰』については？
三浦　読んだけど、よく覚えてないそうです。「最後どうなるんでしたっけ？」「自首するんですよ」「あ、そうでしたっけ」「それで、シベリアに」「あ、そうでしたっけ」って。ほんとに読んだのか（笑）。
岸本　何も覚えてないんだ。
三浦　でも、「十字路にくちづけするんですよね」とは言ってました。
岸本　そこは覚えてるんだね。
篤弘　そうか。自分は何を覚えていて、何を忘れてしまうんだろう。
――また、何年かしたらやってみますか。
篤弘　いや、もういいですよ（笑）。
浩美　しかし、よく書いたねえ、ドスト。

三浦　しかも、この作品で終わりじゃなくて、まだまだ書いたんでしょう？

篤弘　これが五大作品の一作目だそうです。

三浦　ひえー。どれも傑作なんですよね？

篤弘　なんか、『悪霊』っていうのがいいらしいよ（笑）。まあ、自分は読まず嫌いだったなって、それだけは言えます。

三浦　そうですね。読んでみたら、分厚さを恐れる必要はなかった。

篤弘　読み終えて最初にノートに書いたのは、「怖じ気づく、自分」という一行だったんだけど（笑）。やっぱり、すごい小説であることは間違いない。だから、未読座談会で、あんなに茶化してよかったのかなって。

三浦　いや、茶化してないですよ。

岸本　胸を借りただけです。

浩美　こういう機会がなかったら、やっぱり読まなかったのかな。

岸本　いや、ほんと、読めてよかった。

篤弘　俺、ついに『罪と罰』を読んだんだなあ――。

三浦　そんな大人にはなるまいと思ってたのに、明日から、「絶対に読まなきゃだめだよ！」なんて言い出したりして。

読むのはじまり

三浦しをん

さて、いかがだったでしょうか。

「このひとたち、アホなことしてるなあ」

「あれあれ、全然見当違いな推理だよ」

と、あきれられたかたも多いのではないかと思います。面目ない。

しかし、「読まずに読む」などという、神をもおそれぬ所業ができたのは、申すまでもなく、『罪と罰』が「世界が認めた名作」だから。たとえ読んだことがなくても、主人公の名前やおおかなストーリーを、なんとなーく知っていたからです。ここまでの名作かつ有名作でなければ、「読まずに読む」ための取っかかりがまるでない、という事態になってしまうでしょう。

では、実際に読んでみた『罪と罰』はどうだったかというと、本文中で四人が異口同音に述べているように、すごくすごくおもしろかったです。そんなこと、すでに全人類（我々を除く）が知ってたか……。何周も周回遅れで、これまた面目ない。

おもしろポイントは多々ありましたが、なによりも、四人でさんざん推理した展開や、「きっとこういう小説なのだろう」という味わいと、実物がことごとくちがっていたのが刺激的でした。やはりドストは文豪で天才だ！　そんなこと、すでに全人類（以下略）。

そして思ったのは、「読む」とはいつからはじまるものなのだろう、ということです。

小説は、「読み終わったら終わり」ではない。余韻を楽しんだり、「あのシーンで登場人物はどんな思いだったのかな」と想像したり。あらすじや人物名を忘れてしまっても、ふとした拍子に細部がよみがえり、何度も何度も脳内で反芻（はんすう）する作品もあります。

小説にかぎらず、創作物はなんでもそうだと思いますが、「読む」（あるいは「見る」「聞く」）という行為を終え、作品が心のなかに入ってきてからがむしろ本番というか、するめのようにいつまでも噛（か）んで楽しめる。一冊の本を読むという行いは、ある意味では、そのひとが死ぬまで終わることのない行いだとも言えると思うのです。

「読む」は終わらない。じゃあ、いつ、「読む」ははじまるのか。私はこれまで、「本を開き、最初の一文字を目にしたとき」だと、漠然と考えてきました。しかし、そうではないのだと、今回の試みに取り組んでみて、思い知らされた。

『罪と罰』をまだ一文字も読んでいないときから、我々四人は必死に「読んで」いました。いったいどんな物語なのか。期待に胸ふくらませ、夢中になって、「ああでもない、こうでもない」と語りあいました。それはなんと楽しい経験だったことでしょう。ページを開くまえから、『罪と罰』は我々に大きな喜びを与えてくれたのです。

もしかしたら、「読む」は「読まない」うちから、すでにはじまっているのかもしれない。世の中には、私がまだ手に取ったことのない小説が無数にあります。そして、まだ語られず、私たちのもとに届けられていない物語も、これから無数に生まれてくるでしょう。それらはいったい、どんな小説、どんな物語なのか。愛と期待を胸に思いめぐらせるとき、私たちはもう、「読む」をはじめているのです。

「読む」には、終わりもはじまりもない。大切な仲間と語りあい、同じ小説を読みこむ経験を通し、私はそれを実感しました。『罪と罰』という、とても味わいのある、奥深い作品のおかげです。

名作を読んでいないからといって、あるいは、読んだけれど大半を忘れてしまったからといって、恥じたりがっかりしたりすることはないのではないかと思います。読んでいなくても「読む」ははじまっているし、読み終えても「読む」はつづいているからです。そういう「読む」が高じて、気になって気になってどうしようもなくなったときに、満を持してページを開けばいいのではないでしょうか。本は、待ってくれます。だから私は本が好きなのだと、改めて感じました。

私はいま、『カラマーゾフの兄弟』を「読まずに読んで」います。いったい、カラマーゾフ氏は何人兄弟なのか（私の推理では、七人兄弟）。きっと、兄弟間で女性を取りあったりすると思うのだが、それはどんな女性であろうか。もしかしたら、遺産相続をめぐる凄惨な連続殺人を描いた小説かもしれん（七人兄弟のなかで生き残るのは、はたしてだれか）。

そこへ、「カラマーゾフ」は苗字ではなく村の名前だ、という情報が飛びこんできて、ラスコに殺人を告白されたソーニャなみにおったまげました。うそでしょ!?

真偽は不明です。気になって気になってたまりませんが、『カラマーゾフの兄弟』は『罪と罰』以上に分厚いです。ドストよ、いくらなんでも長大な名作を書きすぎだ。はたしてどのタイミングで手に取るべきなのか。『カラマーゾフの兄弟』が、ポルフィーリーのように巧みに揺さぶりをかけてくるので、私の心は千々に乱れるのでした。

「読む」ははじまっている。「読む」は終わらない。

本書をお読みになったみなさまに、「『罪と罰』を読んで（あるいは読み返して）みようかな」と思っていただけたなら、我々四人としては、これ以上の喜びはありません。どこかの宴席の片隅で、ひそかに祝杯をあげることでしょう。

どうもありがとうございました。

岸本佐知子

1960年神奈川県生まれ。翻訳家。訳書に、ミランダ・ジュライ『いちばんここに似合う人』、ジュディ・バドニッツ『元気で大きいアメリカの赤ちゃん』、ニコルソン・ベイカー『中二階』、ジャネット・ウィンターソン『灯台守の話』、リディア・デイヴィス『話の終わり』、ショーン・タン『夏のルール』などがある。また編訳書に『変愛小説集』、『居心地の悪い部屋』ほか、編書には『変愛小説集　日本作家編』がある。エッセイ集『ねにもつタイプ』で2007年講談社エッセイ賞を受賞。近訳書にジュライ『あなたを選んでくれるもの』、デイヴィス『サミュエル・ジョンソンが怒っている』、『コドモノセカイ』（編訳）がある。

三浦しをん

1976年東京都生まれ。2000年『格闘する者に○（まる）』でデビュー。06年『まほろ駅前多田便利軒』で直木賞を、12年『舟を編む』で本屋大賞を受賞。他の小説作品に『秘密の花園』『私が語りはじめた彼は』『むかしのはなし』『風が強く吹いている』『仏果を得ず』『光』『きみはポラリス』『神去なあなあ日常』『星間商事株式会社社史編纂室』『まほろ駅前番外地』『まほろ駅前狂騒曲』『天国旅行』『木暮荘物語』『政と源』『あの家に暮らす四人の女』など、エッセイ集に『あやつられ文楽鑑賞』『悶絶スパイラル』『ビロウな話で恐縮です日記』『お友だちからお願いします』『本屋さんで待ちあわせ』などがある。

吉田篤弘

1962年東京都生まれ。小説を執筆するかたわら、クラフト・エヴィング商會名義による著作とデザインの仕事を行っている。2001年に講談社出版文化賞・ブックデザイン賞を受賞。2014年に世田谷文学館にて「星を賣る店 クラフト・エヴィング商會のおかしな展覧会」を開催。おもな小説作品に『つむじ風食堂の夜』『空ばかり見ていた』『フィンガーボウルの話のつづき』『針がとぶ』『それからはスープのことばかり考えて暮らした』『78ナナハチ』『小さな男＊静かな声』『モナ・リザの背中』『なにごともなく、晴天。』『ガリヴァーの帽子』『電氣ホテル』など、エッセイ集に『木挽町月光夜咄』『うかんむりのこども』がある。

吉田浩美

1964年東京都生まれ。クラフト・エヴィング商會の店主をつとめ、同商會名義による著作とデザインの仕事を行っている。2001年に講談社出版文化賞・ブックデザイン賞を受賞。2014年に世田谷文学館にて「星を賣る店 クラフト・エヴィング商會のおかしな展覧会」を開催。おもな著作に『ア・ピース・オブ・ケーキ』『クラウド・コレクター 雲をつかむような話』『すぐそこの遠い場所』『らくだこぶ書房21世紀古書目録』『ないもの、あります』『じつは、わたくしこういうものです』『テーブルの上のファーブル』『アナ・トレントの鞄』『おかしな本棚』『注文の多い注文書』(小川洋子との共著)『星を賣る店』などがある。

◉引用・参考文献

『罪と罰』　ドストエフスキー　工藤精一郎訳　新潮文庫　上下巻
『罪と罰』　ドストエフスキー　亀山郁夫訳　光文社古典新訳文庫　全三巻

『罪と罰』の岸本佐知子訳については、
Fyodor Dostoyevsky *Crime and Punishment* Translated with an Introduction and Notes by David McDuff, Penguin Classics (2003)
を底本とした。

『米川正夫全譯ドストエーフスキイ全集』第17巻　創作ノート　河出書房
『世界文学全集10　ドストエーフスキイ』米川正夫訳　河出書房
『『罪と罰』注解』S・V・べローフ　糸川紘一訳　群像社
関西新劇団合同公演「ドストエフスキーの罪と罰」パンフレット　昭和二十二年　於大阪朝日会館
『罪と罰』手塚治虫　角川文庫
『社長島耕作』弘兼憲史　講談社刊モーニングKC　三、四巻
ウィキペディア『罪と罰』の項

◉影絵協力 moss design unit
「NHK知るを楽しむ この人この世界 悲劇のロシア」
ETV 2008年2月4日放映より

◉DTP制作 オフィスキントン

『罪と罰』を読まない

二〇一五年十二月十五日　第一刷発行

著者　岸本佐知子　三浦しをん
吉田篤弘　吉田浩美

発行者　吉安 章
発行所　株式会社 文藝春秋
〒一〇二―八〇〇八
千代田区紀尾井町三―二十三
電話 〇三―三二六五―一二一一(代)
印刷所　萩原印刷
製本所　加藤製本

ISBN978-4-16-390366-8 Printed in Japan